DES INSTITUTIONS ET DES MOEURS

DU PAGANISME SCANDINAVE

L'ISLANDE

AVANT LE CHRISTIANISME

D'APRÈS LE GRAGAS ET LES SAGAS

PAR A. GEFFROY

MEMBRE DE L'INSTITUT

PARIS

ERNEST LEROUX, ÉDITEUR

28, rue Bonaparte, 28

—

1897

L'ISLANDE

AVANT LE CHRISTIANISME

D'APRÈS LE GRAGAS ET LES SAGAS

OUVRAGES DU MÊME AUTEUR

Etude sur les pamphlets politiques et religieux de Milton. In-8. Dezobry et Magdeleine, 1848.

Histoire des Etats Scandinaves (Suède, Norvège, Danemark). In-12. Hachette, 1851.

Lettres inédites du roi Charles XII. Texte suédois, traduction française. In-8. 1852.

Notices et Extraits des manuscrits concernant la France conservés en Danemark, Suède et Norvège. In-8. 1855.

Lettres inédites de la princesse des Ursins, avec introduction et notes. In-8. Didier, 1859.

Histoire du roi Charles XII de Voltaire. Nouvelle édition avec préface, notes historiques et philologiques, etc. In-12. Delagrave, 1854.

Sverig og Rusland i det 19. *Aarhundrede,* traduit de la *Revue des Deux Mondes,* par C. Rosenberg. 1 vol. in-8. Copenhague, 1865.

Gustave III et la Cour de France, avec une étude sur les lettres apocryphes de Louis XVI et Marie-Antoinette. 2 vol. in-8. Didier, 1867.

Marie-Antoinette. Correspondance secrète entre Marie-Thérèse et le comte de Mercy-Argenteau, publiée en collaboration avec M. d'Arneth, directeur des Archives de Vienne. 3 vol. in-8. Didot, 1874.

Rome et les Barbares. Etudes sur la *Germanie* de Tacite. 1 vol. in-8. Didier, 1874.

Recueil des Instructions aux ambassadeurs et ministres de France depuis les traités de Westphalie jusqu'à la Révolution française, publié sous les auspices du ministère des affaires étrangères, avec introduction et notes. — *Suède.* 1 vol. in-8. Alcan, 1886. — *Danemark.* 1 vol. in-8. Alcan, 1895.

Madame de Maintenon d'après sa correspondance authentique. Choix de ses lettres et entretiens. 2 vol. in-12. Hachette, 1887.

DES INSTITUTIONS ET DES MŒURS

DU PAGANISME SCANDINAVE

L'ISLANDE

AVANT LE CHRISTIANISME

D'APRÈS LE GRAGAS ET LES SAGAS

PAR A. GEFFROY

MEMBRE DE L'INSTITUT

PARIS

ERNEST LEROUX, ÉDITEUR

28, rue Bonaparte, 28

1897

AVERTISSEMENT DE L'ÉDITEUR

Cet ouvrage a paru pour la première fois en 1864 dans les mémoires de l'Académie des inscriptions et belles lettres, tome VI, 1re série, IIe partie. L'auteur le considérait comme le commencement d'une série de travaux sur le moyen-âge scandinave qu'il comptait publier successivement. Appelé au cours d'histoire ancienne à l'Ecole normale, puis à la Sorbonne il dut, non sans regrets et sans espoir de retour, abandonner ces études spéciales auxquelles il avait cru se dévouer, mais dont de nouvelles circonstances l'éloignèrent toujours davantage. Il put cependant développer de quelques uns des renseignements ou des aperçus nouveaux qu'elles lui semblaient pouvoir fournir à la science historique dans son ouvrage : *Rome et les Barbares, étude sur la Germanie de Tacite.*

On verra (p. 168) qu'il s'était proposé d'étudier dans une suite de mémoires la pénalité dans les lois islandaises, la condition de la femme, celle de la famille. On a retrouvé, sinon achevé au moins fort avancé, le mémoire sur la pénalité, on le donne ici en appendice avec un curieux fragment sur les formules dans le droit islandais.

S'aidant de notes et de quelques publications de l'auteur sur le même sujet [1] on a pu faire de nombreuses additions au mémoire déjà imprimé.

1. *Revue des Deux-Mondes* : Les Sagas islandaises. 1er novembre 1875.

L'ISLANDE AVANT LE CHRISTIANISME

D'APRÈS LE GRAGAS ET LES SAGAS

I

Occupation du sol et premier développement
de la constitution

Ce n'est pas seulement la nature, c'est aussi
l'histoire qui a fait de l'Islande une terre digne
d'étude. Presque entièrement composée de glaciers
et de volcans, elle est comme un champ-clos pour
la lutte perpétuelle et terrible des deux élémens,
l'eau et le feu. De nouveaux cratères s'y forment
sans cesse, répandant des flots de lave ou des nuées
de cendres que les vents emportent sur toute l'île,
en Norvége, en Angleterre, quelquefois jusque sur le
continent. Le feu souterrain y engendre des richesses
minérales qui, assez mal exploitées jadis, offrent à
la science et à l'industrie de précieux encourage-
mens ; il y entretient une grande quantité de sources
chaudes qui paraissent ne servir aujourd'hui qu'à
l'étonnement du touriste alors que *geyser* et *strokkur*,

1

— bassins ou puits d'eau bouillante, — lancent dans les airs, par éruptions tantôt régulières et spontanées, tantôt provoquées ou intermittentes, des colonnes de 30, de 40, de 100 mètres retombant en vapeurs ou en pluie. En même temps de vastes plateaux dans tout le centre de l'île se couvrent de glaces, qui éteignent ce que les matières volcaniques engendreraient de végétation.

La vie se trouve ainsi restreinte aux côtes, soit le long des fiords nombreux du nord, soit surtout dans la partie occidentale de l'île, que baignent et réchauffent les eaux du *gulf-stream*. Aussi la tempé rature moyenne est-elle, dans la région de Reykjavik, au sud-ouest, de — 2° en hiver et de + 12°,6 en été. Ce climat ressemble à celui des Orcades ; l'été y est moins chaud et l'hiver moins froid qu'en Norvége et au nord de la Suède ; pour certaines parties de l'île, assure-t-on, janvier est plus doux qu'il ne l'est à Milan, mars y est plus froid de 9 degrés, février est le mois le plus rigoureux de toute l'année. Le blé ne croît guère, mais la pomme de terre réussit, et les pâturages, pour un bétail nombreux et de petite taille, sont excellens. On a beaucoup discuté la question de savoir si, dans les temps anciens, l'île n'avait pas connu des espèces de plantes et d'arbres d'une dimension supérieure à celles qu'on y rencontre aujourd'hui ; les habitans montrent comme des merveilles, en certains lieux abrités, des sorbiers de grandeur ordinaire, cinq ou six peut-être pour tout le pays. Olafsen et Paulsen, deux voyageurs du milieu du xviiie siècle, y ont signalé un arbre de 20 et même un de 40 pieds ; les anciens livres nationaux offrent des textes embarrassans qui paraissent mentionner des forêts, tout au moins des arbres isolés, assez nombreux cependant pour suffire, sans que cela soit signalé comme extraordinaire par les chroniqueurs, à la construction de maisons, ou bien de bateaux capables de naviguer vers les côtes de Norvége [1]. Les lignites ou lits de charbon feuilleté qu'on désigne en Islande sous le nom de *surturbrandr* offrent des restes de pins, de bouleaux, d'érables, d'ormeaux, d'aulnes, de vignes et même de tulipiers, avec des traces de feuilles aux dimensions considérables ; cette végétation a du être très vigoureuse, et suscitée par un climat plus chaud que notre climat des environs de Paris ; mais la formation de tels dépôts remonte à l'époque tertiaire, et l'île ne produit plus en quelque abondance depuis des siècles qu'une espèce de bouleau nain qui ne dépasse guère une hauteur de 75 centimètres ; c'est de quoi faire des forêts pour le pays de Lilliput. Heureusement le bois flotté ne manque pas sur les côtes, et

[1]. Voyez en particulier la *Svarfdœla Saga*.

la tourbe, ainsi que les fumiers d'animaux, desséchés, servent de combustible. Du côté de l'ouest surtout, où les courans d'eaux chaudes empêchent les fiords de se fermer l'hiver par les glaces, la morue abonde, pendant qu'à l'intérieur lacs et rivières contiennent en quantité considérable le saumon et la truite. Si l'on ajoute, la baleine, le dauphin et le phoque, qui se montrent au large, puis au dedans de l'île les animaux domestiques, tels qu'une petite race de chevaux sobres et sûrs, le mouton, le bœuf, le chien, le renne, enfin le renard polaire, l'ours maritime ou glacial, l'aigle pêcheur, le faucon de chasse [1], le courlis et le fameux eyder, on aura signalé, peu s'en faut, tout ce que la nature a donné à l'Islande pour y retenir la vie, tout ce qu'elle a offert de compensations à de trop réelles rigueurs pour y conserver ou même y attirer les hommes.

Cette terre étrange a eu dans les siècles passés une étrange histoire, qui n'a rien de commun il faut le dire avec la présente condition du pays. Son isolement géographique loin de la condamner à l'inaction et de lui mériter l'oubli est devenu pour elle l'occasion singulière d'un rôle historique que la

1. D'Islande venaient les gerfauts que le roi de Danemark offrait chaque année, sous Louis XVI, pour la fauconnerie des rois de France.

science moderne ne saurait négliger. Vers la fin du
IXe siècle, au moment où le vieux paganisme oriental des nations scandinaves allait succomber sous
l'ascendant d'une religion supérieure et sous les
liens multipliés du génie classique, l'Islande a été,
pour la civilisation informe mais féconde dont le
reste du Nord était animé, un asile qui est resté
longtemps à peu près inviolable. Les institutions,
les croyances, les passions et les mœurs de la grande
race germanique, qui, déjà, s'étaient conservées
plus voisines du berceau commun et plus pures de
mélange dans la presqu'île scandinave, menacées
par le christianisme, se sont réfugiées et retranchées
en Islande, et s'y sont conservées très-tard à l'abri
des influences étrangères. Bien plus, une fois trans-
plantées sur cette terre vierge, elles s'y sont assises,
régularisées et comme condensées, si bien qu'on a
pu dire d'une île, jusqu'alors déserte et reléguée vers
le pôle, qu'elle était devenue pour tout un monde
ce que les États-Unis d'Amérique ont été, dans
les temps modernes, pour l'Europe des derniers
siècles [1]. République florissante pendant quatre cents
ans, elle a reproduit la civilisation de la Norvége

1. « Es sind in der That die nordarmerikanischen Freistaa-
« ten für uns dasselbe, was eine Zeitlang im Mittelalter für die
« skandinavischen Völker Island war... » (Dr H. Leo, *Einiges
über das Leben und die Lebensbedingungen in Island in der*

et de tout le Nord, qui lui servait de mère patrie, et c'est chez elle qu'on peut étudier le plus facilement cette civilisation, dont elle a offert comme un fidèle résumé

En effet, dans la petite mais intime société qu'avait formée l'émigration, les colons islandais ont contracté les habitudes et acquis les qualités qui font d'ordinaire et qui ont fait d'eux en effet de bons archivistes, des chroniqueurs et même des traducteurs scrupuleux. Après avoir longtemps ignoré l'usage de l'écriture et s'être servi à peu près exclusivement de la tradition orale, aussitôt que les caractères dont se servait le continent leur ont été connus, c'est-à-dire au lendemain du christianisme, ils se sont hâtés d'en faire un fréquent usage, comme si, surpris et charmés, ils eussent été pressés de jouir de ce nouvel et ingénieux instrument. A partir de la fin du xie siècle (au moins n'avons-nous pas conservé de témoignages plus anciens), ils ont écrit jusque dans le dernier détail l'histoire des familles notables de la colonie, ils ont rédigé leurs coutumes et leurs lois, que chacun savait par cœur, et ils ont de la sorte laissé à l'historien, dans leurs *sagas* et leurs codes, un bon

Zeit des Heidenthumes, mémoire inséré dans la sixième année du *Portefeuille historique (Historisches Taschenbuch)* de Fr. v. Raumer, Leipzig, 1835.)

nombre de monuments authentiques qui nous donnent un tableau presque complet de la nouvelle société établie dans l'île et par conséquent aussi de la société antérieure. Restituons à l'aide de ces livres la civilisation scandinave telle qu'elle était avant la conversion du Nord au christianisme et nous retrouverons sans doute quelques origines, ou du moins quelques traits primitifs, de notre propre civilisation. Ceux-là en conviendront qui se rappellent l'étroite parenté entre les Scandinaves et les Germains, et ne refusent pas d'apercevoir, à côté de la source romaine la source germanique des principales sociétés modernes. L'intéressante et heureuse diversité de caractère et d'intelligence qui règne en Europe remonte, entr'autres causes, à la dualité d'influence qui s'est produite au commencement du moyen-âge quand les peuples de notre continent se sont distingués et formés — les uns sous la direction du génie classique, à la double école de la civilisation romaine ou grecque presque non interrompue et du christianisme de bonne heure accepté — les autres sous l'inspiration de ce différent génie qu'on appellera comme on voudra, germanique, anglo-saxon, barbare, mais dont il ne faut pas contester l'existence ni l'action, puisqu'il a enfanté des lois, des institutions, disons plus des idées et des sentiments assez profonds et vivaces pour avoir laissé jusqu'en notre temps des traces persistantes. S'il est incontestable que les mêmes idées intellectuelles, morales, politiques, religieuses même, n'ont jamais cessé d'être différemment comprises et d'être comme aperçues sous un autre angle à Londres et à Rome, en France et en Allemagne, en Hollande et en Espagne, les origines historiques expliquent en grande partie ces dissemblances, les nations du midi s'étant conservées plus fidèles aux traditions classiques, celles du nord ayant offert en commun d'autres traits, qu'on retrouve chez les Germains dont elles sont issues, toutes d'ailleurs ayant subi en d'inégales proportions, par un si long mélange entr'elles, par l'action du christianisme par dix autres causes la double influence que nous venons de signaler. Ce qu'a été pour la France pour l'Angleterre l'alluvion romaine, de savants travaux l'ont suffisamment montré et à vrai dire sans trop de peine ; il est plus difficile de distinguer le reste, c'est à dire ce qui provient directement de la source barbare dans certaines régions de la patrie et de l'intelligence française, ou bien dans la civilisation britannique, si profondément originale. Les livres du Nord qui nous ont gardé quelques souvenirs de ce que furent en Scandinavie les temps anterieurs aux influences venues du continent doivent nous éclairer à cet égard.

Les ouvrages de l'ancienne littérature islandaise qui nous ont été conservés sont principalement de deux sortes : il y a surtout des sagas et des lois. Les sagas sont pour la plupart de simples récits biographiques, des chroniques de famille, rédigés dans cette langue narrène qui a été jusqu'au XIVe siècle la langue commune de tout le Nord et de laquelle se sont formés les idiomes de la Scandinavie actuelle. Des lois nous avons plusieurs recueils entr'autres celui qu'on a intitulé dès un temps très ancien le *Grágás* [1]. Il y va de soi que la comparaison entre les textes législatifs et les narrations historiques est un moyen de contrôle et une source de lumière. La saga de Nial, ainsi appelée du nom de son héros principal, la plus complète et la plus intéressante des sagas islandaises, nous montre la société islandaise déjà toute formée et au moment même où elle va, après avoir énergiquement résisté, se soumettre, elle aussi, au christianisme.

Nous emprunterons d'ailleurs çà et là quelques autres commentaires du Grágás soit aux annalistes islandais, soit aux principales sagas qui, avec celle de Nial, complètent l'œuvre historique des laborieux chroniqueurs du Nord. Ce sera le seul moyen d'obtenir l'explication de textes douteux et

---

[1]. On prononce en islandais grôgôs.

de lois obscures, et cette comparaison nous fournira
en outre les éléments d'un tableau presque complet
de la civilisation de l'Islande au xie siècle, qui résu-
mera à nos yeux la civilisation de la Scandinavie
tout entière pendant les derniers temps du paganisme.

Il doit être entendu que les livres dont nous nous
servons, rédigés après l'introduction du christianisme, pourront nous offrir des expressions chrétiennes, mais ces expressions mêmes revêtiront le plus
souvent des descriptions et des idées toutes païennes ; elles ne nous tromperont pas.

Les annalistes nous présentent un récit de la
colonisation de l'Islande et de la prise de possession du sol par les immigrants norvégiens qui est
l'introduction naturelle et nécessaire de l'étude que
nous abordons. C'est le sujet spécial du plus
ancien livre islandais qui nous soit resté, l'*Islendinga
Bok*, qu'on a désigné, au moyen âge, du nom de
Schedæ ou pages, livre écrit en 1120 par le prêtre
Are Frode ou le Sage[1]. Le *Landnama Bok*, écrit à la

1. *Arii Thorgilsis filii, cognomento Froda, id est multiscii vel
polyhistoris, in Islandia quondam presbyteri, primi in septen-
trione historici, Sckedæ seu libellus de Islandia, Islendenga-
Bok dictus ; e veteri islandica, vel, si mavis, danica antiqua,
septentrionalibus olim communi lingua, in latinam versus ac
præter necessarios indices, quorum unus est lexici instar,
brevibus notis et chronologia, præmissa quoque auctoris vita,*

fin du xii⁰ siècle par plusieurs auteurs, y ajoute quelques détails [1].

L'Islande n'était pas complétement inconnue ni tout à fait déserte avant l'arrivée des Scandinaves. Elle avait été visitée, au viii⁰ siècle, par les Irlandais, que leur zèle de missionnaires chrétiens ou d'ermites avait répandus dans toutes les îles de la mer du Nord. Ce que dit le géographe Dicuil, en 825, de l'aspect du soleil sous cette latitude prouve aussi qu'il n'ignorait pas la situation de l'Islande [2]. Les Scandinaves n'avaient aucune connaissance de ces voyages, qui avaient à peine laissé quelque rare population dans l'île, quand ils la découvrirent eux-mêmes par le seul fait du hasard. Le Norvégien Naddod, en se dirigeant comme d'habitude vers les îles Féroé,

illustratus ab Andrea Bussæo. Havniæ, 1733, in-4⁰. Le même volume contient, sous une pagination spéciale, le Périple d'Other et de Wulfstan. — Voy. sur Are Frode (*Ari prestr hinn fródi*) et sur son ouvrage : Dahlmann, *Forschungen auf dem Gebiete der Geschichte*, tome I⁰ʳ, et E. C. Werlauff, *De Ario Multiscio, antiquissimo Islandorum historico*. Havniæ, 1800.

1. *Islands Landnamabok*, hoc est : *liber originum Islandiæ, versione latina, lectionibus..... illustratus. Ex manuscriptis legati Magneani.* Havniæ, 1774, in-4⁰.

2. Dicuili *Liber de mensura orbis terræ* (éd. Walkenaer, Paris, 1807), cap. vii. — Cf. Letronne, *Recherches géographiques et critiques sur le livre De mensura orbis terræ*, Paris, 1814. — Cf. Dahlman, *Beiträge zur Rechtsgeschichte des germanischen Nordens. Die Entstehung des isländischen Staats und seiner Verfassung*, München, 1852, in-8⁰, p. 35.

fut jeté par les vents sur la côte orientale. Il gravit une montagne pour chercher, dit le Landnama Bok, s'il n'apercevrait pas de la fumée ou quelque autre signe d'habitation ; ce fut en vain, et il quitta l'île en la nommant la terre de neige, *Snae-land*. Vers le même temps un Suédois, Gardar, allant aux Hébrides pour y réclamer l'héritage de sa femme, fut assailli, au sortir du détroit de Petland, par un violent orage, qui le jeta vers l'ouest en pleine mer. Arrivé en vue de l'Islande, il aborda, par le conseil de sa mère, habile devineresse, sur un point de la côte orientale où il y avait un bon port ; il fit par mer le tour de la contrée et se convainquit que c'était une île. Parvenu à un golfe de la côte du nord-est, il y construisit des habitations grâce auxquelles il put hiverner ; et, au printemps suivant, de retour en Scandinavie, il vanta beaucoup le nouveau pays qu'il avait visité.

Le bruit s'étant promptement répandu en Norvège qu'il y avait vers l'ouest une grande île fort souhaitable et déserte, un Norvégien, Floki, fils de Valgard, résolut de s'y rendre. Il emporta avec lui, comme moyen de direction trois corbeaux qu'il avait consacrés aux dieux. Ses deux filles l'accompagnaient avec un nombreux équipage. Après avoir fait voile vers les Shetland, puis vers les Féroé, ils se confièrent à la pleine mer. Le premier

des trois corbeaux, mis en liberté, s'envola en
arrière pour regagner la terre qu'on avait quittée ; le
second, quelque temps après plana un peu au
dessus du navire et puis revint s'y abattre ; plus tard
enfin le troisième s'envola droit en avant et ne
reparut pas ; en suivant la direction de son vol,
Floki rencontra la terre. Il aborda sur la côte sud-
est de la grande île qu'il cherchait, et c'est lui qui la
nomma *Is-land* ou île de glace. Cependant il ne s'y
établit pas, et les premiers véritables colons furent
Ingolf et Leif, dont le voyage se place dans l'année
874. C'étaient deux exilés norvégiens : ils étaient de
haute naissance et d'une même famille ; à la suite
d'un meurtre exécuté en commun, mêlant leur sang,
ils étaient devenus frères d'armes. A de tels proscrits l'Islande offrait un sûr asile. Après un premier
voyage pour reconnaître le pays, ils revinrent pour
préparer un établissement définitif. Ingolf se chargea
des dispositions à prendre en Norvége, pendant que
Leif irait en Irlande afin de se procurer des provisions et des esclaves. Lorsqu'il fut de retour, ils
partirent ensemble avec deux navires. Ingolf avait eu
soin de consulter les dieux, que son compagnon
dédaignait ; lorsqu'il fut en vue de la terre, il jeta à
la mer les piliers sacrés de son siège domestique [1],

---

1. Les *öndevegis-sulur*, *Ondvegi* est le haut-siège qu'occupe
le maître dans les maisons des anciens Scandinaves, « sedes

c'est-à-dire les deux montants antérieurs du haut-
siège qu'occupait, au milieu de la grande salle, dans
toute demeure islandaise, le chef de la famille ; chacun d'eux était surmonté d'une tête sculptée de Thor
ou d'Odin ; c'étaient des images sacrées du foyer,
des symboles de la puissance respectée du maître
de la maison. Ingolf avait fait vœu, suivant la
coutume de ces hommes de mer, de s'établir là où
les flots et la volonté des dieux porteraient les *ondve-
gis-sulur* ; mais ceux-ci disparurent, et il prit terre
près d'un promontoire de la côte sud-est, qui porte
aujourd'hui son nom. Ses esclaves les ayant retrou-
vés trois jours après dans une baie de la côte sud-
ouest, il alla s'y fixer, et c'est précisément l'emplacement de la ville actuelle de Reykjavik. Quant au
compagnon d'Ingolf, qui avait négligé de s'en
rapporter aux dieux, les vents l'avaient jeté sur la
côte méridionale, et il s'y était établi, mais ses
esclaves irlandais l'avaient assassiné ; Ingolf apprit
en même temps le lieu de son établissement et de
sa mort. Il partit pour le venger ; en trouvant son
cadavre, il fut saisi de douleur : « Mourir de la
« main d'un esclave, dit-il, est un triste sort et indi-

« primaria, » dit Sveinbiörn Egilsson dans son *Lexicon poeti-
cum antiquæ linguæ septentrionalis*, Hafniæ, 1844-1860. — *Sula*
veut dire colonne. (Voy. Leo, apud *Historisches Taschenbuch*,
p. 452. — Cf. Weinhold, *Altnordisches Leben*, Berlin, 1856,
in-8°, p. 220, 459.)

« gne d'un homme ; mais je vois bien qu'une pareille
« destinée est le partage de quiconque dédaigne les
« sacrifices ».

Ingolf passa trois années de suite dans l'île, et
c'est de la sorte lui seul qui ouvrit réellement l'ère
de la colonisation. Are Frode et les auteurs du
Landnama Bok énumèrent ses descendants, racontent chacun de leurs voyages et montrent ainsi par
quelle suite d'immigrations l'Islande devint, dans
l'espace de soixante ans environ, de 874 à 934, une
colonie scandinave et principalement norvégienne.

Si les premiers colons avaient été des pirates ou des
criminels fuyant les lois de leur pays, les troubles
politiques auxquels la péninsule scandinave était en
proie allaient bientôt faire naître une source d'immi-
gration à la fois plus abondante et plus pure. La fin
du ixe siècle devait, à la suite d'un grand mouvement
intérieur, ouvrir une période nouvelle pour toute
l'histoire du Nord. On avait vu dès 840, à l'imitation
d'Egbert, roi de Wessex chez les Anglo-Saxons, le
danois Gorm. l'Ancien, d'abord simple roi de Leire
ou Léthra en Sélande, employant tour à tour la force
ouverte et la ruse et s'aidant aussi d'alliances habilement préparées, grouper sous sa domination les
nombreux petits royaumes indépendants qui l'entouraient. A la suite de ces heureuses conquêtes, pour-
suivies jusqu'à l'Eyder, extrême limite de la race

scandinave en présence des Allemands, il avait
réuni le Jutland septentrional et méridional, et en
outre, les grandes îles de Sélande et Fionie, celles
de Laaland et Falster, et les trois provinces, aujour-
d'hui suédoises, de Scanie, Palland et Bleking.

La même révolution s'était accomplie en Suède,
et la saga *Ynglinga*, écrite par Snorre Sturleson,
mort en 1243, la raconte ainsi : Ingiald, fils du petit
roi d'Upsal, et qui fut peut-être contemporain de nos
premiers chefs carlovingiens [1], avait été vaincu dans
ses jeux d'enfant par le fils d'un roi voisin, et il en
avait conçu un profond ressentiment. Pour l'aider à
se venger, son père nourricier avait fait rôtir le cœur
d'un loup, et cette nourriture avait rendu le jeune
prince fier et cruel. Quand son père mourut, lui laissant un royaume de peu d'étendue et mal assuré, il n'en
voulut pas moins célébrer avec beaucoup d'apparat
la cérémonie habituelle de la bière funèbre. Il fit
construire une magnifique salle royale garnie de
hauts-sièges ou trônes pour les rois qui se parta-
geaient avec lui le pays de Suède, et il les invita
avec leurs iarls. Sept de ces rois s'y rendirent et il
leur offrit un grand repas. L'usage voulait [2] que,

1. *Ingialdr Illradi* est le dernier des rois d'Upsal, le dernier
de la famille des Ynglings. Les historiens suédois placent
l'époque qui finit avec lui dans le viii⁰ siècle.

2. V. Arnesen, *Historisk Indledning til den... Islandske Rœt-
tergang*, 1762, p. 246.

pendant cette fête, où, après avoir célébré le mort,
on saluait le nouveau chef, celui-ci se tînt d'abord
sur un escabeau au pied du trône, jusqu'à ce que
les invités, qui étaient ses pairs lui présentassent la
corne à boire. Il devait la saisir, faire solennelle-
ment un vœu quelconque, vider la corne, et alors
seulement il montait sur le trône de son prédé-
cesseur et devenait vraiment roi. Ingiald reçut
la corne pleine et prononça le vœu d'augmenter
de moitié son royaume vers les quatre points
cardinaux ou de mourir à cette tâche. Dès le
soir même il se mit en mesure d'accomplir ces
paroles, dont nul des assistants n'avait saisi l'im-
minente menace. Des hommes armés furent apos-
tés par lui à la salle du banquet, et la nuit venue,
quand tous les convives eurent bu copieusement,
selon la coutume, il ordonna qu'on mît le feu à
l'édifice, de sorte que, par le fer ou par le feu, ils
périrent jusqu'au dernier. Quant à ceux de ses
rivaux qui ne s'étaient pas laissé prendre au piège,
ils se virent promptement attaqués par Ingiald ; ils
purent résister quelque temps avec l'aide des rois de
mer, mais finalement sans succès. Ingiald réussit de
cette manière à s'emparer à peu près de tout le
pouvoir.

On raconte du roi de Norvége, Harald Harfager, avec d'autres circonstances, le même ex-

ploit [1]. Harald avait douze ans lorsque épris de la
beauté de Ragna la Fière, fille d'un chef norvégien,
il lui déclara son amour. Elle lui répondit qu'elle
n'appartiendrait qu'à celui qui soumettrait à sa
domination tous les petits chefs du pays [2], et qu'elle
ne voulait pas d'autre époux. Harald fit le vœu de
ne pas couper sa chevelure avant d'avoir conquis sa
main, et, dès son avènement, il se mit à l'œuvre.

Pendant dix années, par la force ou par la ruse, il
poursuivit ardemment son but. Il conquit d'abord le
pays de Trondhiem, puis une partie de la côte
occidentale, puis le Tellemark et l'Hordaland. Mais
le péril renaissait toujours devant lui, les vaincus se
faisant pirates et revenant sans cesse attaquer ses
nouveaux domaines. Voulant même tenter un grand
effort, ils se réunirent et lui livrèrent un grand
combat naval dans la baie de Hafursfiord, aujour-
d'hui golfe de Stavanger, à l'extrémité sud-ouest de
la Norvége. C'est une journée célèbre dans les

1. Voy. le premier chapitre de la saga d'Olaf Tryggvason.
Elle est traduite en danois dans le Ier volume des *Oldnordiske
Sagaer*, Kjöbenhavn, 1826, in-8°.

2. « Minutula Norvagiæ regna et illa tamen independentia,
« vix ullo nisi forte interdum militaris fœderis vinculo inter se
« juncta, *Fylki* vocata sunt. Vox a *Folk* sive *Flokr* derivata
« (gens sive grex) ; *Fylkiskóngr* pæne per regem gentilem
« reddere suadeo. Vehementer errant qui tales provinciales
« reges vocarunt. » (Note à l'édition arnamagnéenne de la
Laxdcala saga, 1826, in-4°, p. 8.)

souvenirs du Nord. Harald avait à son bord les plus
redoutables berserkers ; l'armée ennemie se composait des plus fameux vikings, qu'avaient attirés
l'amour du péril et l'appât de la récompense. La
lutte, engagée au son retentissant des trompettes, se
poursuivait avec la fronde, à coups de massue ou
d'épieu, quand Harald, debout sur son bord, au
milieu de la mêlée, fit donner sa troupe, qui s'était
tenue jusque là tout près de lui, au pied du grand
mât. Ce fut le signal de sa victoire. Les principaux
chefs confédérés périrent, et Snorre nous a conservé
quelques fragments du chant composé en souvenir
de cette bataille par le scalde royal Thorbiœrn,
qui y assistait. Harald se hâta de profiter de sa victoire : après avoir épousé Ragna la Fière, dont les
excitations avaient été la source de sa grandeur, il
procéda, au nom de sa royauté suprême, à une véritable dépossession de ses nouveaux sujets. Non-
seulement il s'appropria les fruits de l'impôt par
tête et les revenus des tribunaux, mais il attribua à
la royauté la propriété pleine et entière des communaux, de telle sorte que toute contribution pour
droit de pêche ou de chasse, droit de coupe ou de
saline, dut être acquittée désormais entre les mains
du roi. Bien plus, il alla jusqu'à exiger l'impôt des
terres libres, *odal-iord*, qui avaient toujours constitué
jusqu'alors, et depuis la première occupation du sol,

un genre de propriété inaliénable et exempt de toute
redevance. Les possesseurs de ces terres indépen-
dantes, *holdar*, *odalbornir menn*, se trouvèrent
doublement frappés, parce que, indépendamment
du privilège de ne supporter aucune charge, ils
avaient encore celui de prendre à ferme avant tous
les autres les terres communales. Harald n'en
épargna aucun. Les uns résistèrent avec courage,
mais beaucoup cédèrent lâchement. Deux frères, qui
étaient chefs dans le Naumudal, étaient occupés à
achever la construction d'un tertre destiné à leur
servir de sépulture quand ils apprirent que Harald
s'avançait contre eux. L'aîné, qui se nommait
Herlaug, fit apporter une grande provision de vivres
dans l'intérieur du tombeau ; il y entra avec douze
de ses serviteurs, et en fit murer derrière lui l'ouverture. L'autre, au contraire, ordonna qu'on préparât
sur la colline royale un haut-siège et, un peu au-
dessous, des bancs comme ceux où les iarls prenaient
place d'ordinaire. Il alla s'asseoir une dernière fois
sur le haut-siège qu'il avait, en sa qualité de chef
occupé jusqu'alors, puis, se précipitant à terre, il se
laissa rouler jusqu'aux bancs des iarls, parmi lesquels
il se rangeait ainsi désormais. Harald le félicita de sa
bonne conduite, et, lui attachant au cou un bouclier,
à la ceinture une épée, lui donna, avec le titre d'iarl
du roi de Norvège, la domination sur tout le district

de son frère et le sien. La plupart des autres chefs, sans imiter précisément l'exemple de l'aîné des deux frères, préférèrent du moins à l'asservissement l'exil.

Ainsi triompha le mouvement de concentration monarchique survenu dans la péninsule scandinave vers la fin du IXᵉ siècle, peu de temps avant l'avènement du christianisme, qui allait fortifier encore l'unité politique en même temps que l'unité religieuse. Ce mouvement, qui se manifesta, comme nous l'avons vu, dans les trois royaumes du Nord, ferma une période de ténèbres et de barbarie confuse, et ouvrit celle où chacun d'eux eut désormais son existence particulière et son histoire écrite. Mais surtout il détermina l'époque de la plus grande expansion des races scandinaves, et donna ainsi le signal d'une des phases les plus importantes de la civilisation moderne. Le génie aventureux des hommes du Nord, impatient de la vie domestique et n'ayant plus les guerres civiles, les lança vers l'Occident et l'Orient dans les expéditions ou les découvertes les plus inattendues et les plus lointaines. Tandis qu'imitant l'ancien exemple des Saxons et des Angles, Danois et Northmans envahissaient l'Angleterre et la France, ravageaient nos côtes, pillaient Rouen et Paris [1], et

1. Je puis attester qu'il y a peu d'années des religieuses bretonnes, venues à Versailles pour y installer une maison de leur

se répandaient jusque dans la Méditerranée, d'autres navigateurs, à la suite d'Other et Wulfstan, dont le roi Alfred nous a conservé les récits, partant des ports situés à l'extrémité septentrionale de la péninsule, s'en allaient exploiter la mer Blanche et visiter les bords de la Dvina, remontaient ce fleuve, comme leurs frères d'Occident avaient remonté le Rhin, la Seine, la Loire et la Garonne, effrayaient ces nouveaux rivages, dépouillaient sur la route le temple des Biarmes et la riche idole de Jumala, s'ouvraient un passage jusqu'au cours supérieur du Volga, arrivaient par ce fleuve aux rives de la mer Caspienne, et rejoignaient là une des grandes voies de l'ancien commerce de l'Asie avec l'Europe. En même temps, par la Baltique, dont ils peuplaient les îles et les côtes, ils pénétraient dans le lac de Ladoga, puis dans le vaste continent de l'Europe orientale, fondaient Novogorod, s'emparaient de Kief, se mêlaient aux origines de la Russie moderne, et s'enhardissaient, après s'être grossis, là comme partout ailleurs, de nombreux et hardis compagnons de tous pays, jusqu'à attaquer la capitale de l'empire

---

ordre, dans leur prière du soir disaient cette invocation : *Libera nos a malo et a furore normannorum.* Singulier retentissement de la terreur qu'inspirèrent ces pirates du Nord, et en même temps curieux exemple de la perpétuité des traditions.

d'Orient, dont la faiblesse tremblait à l'aspect de ces ennemis inconnus.

Vers le nord-ouest, nous l'avons déjà vu, de nouvelles découvertes avaient été réservées à la hardiesse irréfléchie, mais prédestinée, de ces barbares [1]. Au moment même où ils remplissaient l'Europe de terreur, ils avaient, en poursuivant de ce côté le commerce et la pêche, qu'ils mêlaient toujours à leurs pirateries, rencontré l'Islande, d'où on les verra partir ensuite pour aller découvrir et peupler l'Amérique. Nous avons dit qu'une cause politique allait s'ajouter aux causes diverses qui entraînaient le courant de l'émigration en Islande ; nous la connaissons à présent : ce fut dans chacun des trois royaumes de la péninsule scandinave, la volonté de se soustraire à la domination exclusive d'un roi partout vainqueur. La découverte récente

1. Les Norvègiens avaient colonisé, dès le viiie siècle, l'île de Man, les Féroé et les Orcades. Les évêques de l'île de Man restèrent placés sous l'autorité de l'archevêque de Nidaros jusqu'à la fin du xve siècle. (Voy. la savante publication du professeur P. A. Munch : *Chronica regum Manniæ et insularum*, Christiania, 1860, in-4). M. Munch avait trouvé, en 1850, au Musée britannique, le manuscrit original de cette chronique latine, qu'il a commentée à l'aide d'autres documents relatifs au même sujet, par lui découverts en 1860 dans la Bibliothèque du Vatican. Son commentaire et son introduction, donnant l'histoire des premières colonies norvègiennes dans ces îles, avec les inscriptions runiques trouvées dans l'île de Man, sont écrits en anglais (225 pages).

offrait un asile aux victimes de la tyrannie d'Ingiald
de Harald et de Gorm. L'Islande, qui n'avait reçu
jusqu'alors que des criminels fuyant les lois, ou
tout au plus. des aventuriers cherchant fortune, allai
servir à de plus nobles desseins. Observons la manière
dont se fit le *landnam*, c'est-à-dire la prise de
possession du sol, que racontent encore en détai
Are Frode et les auteurs du Landnama Bok. Ce
seront les premiers traits de la civilisation que
nous essayons de restituer, et nous pourrons er
faire l'application plus tard à l'histoire générale de
tout le Nord.

Exilés volontaires, les chefs qui allaient cherche
en Islande la liberté étaient pour la plupart de noble
fils de iarls et de rois, sinon rois eux-mêmes. Ils ne
mettaient pas à la voile secrètement et comme de
fugitifs, mais au grand jour, après de longue
dispositions, avec femmes et enfants, serviteurs e
esclaves, avec toute leur fortune qu'ils transportaien
dans leur nouvelle patrie, avec tout un appareil de
puissance qui les rendait redoutables encore. Ce
n'était point le rebus des populations scandinaves
l'Islande recevait, au contraire, en eux les dépositaire
de tout ce que le Nord connaissait de civilisation
On en jugera par le récit suivant, qui forme le débu
de la Laxdaela saga, rédigée dans sa forme actuell
à la fin du XII\e siècle. « Ketil au nez plat, rich

« habitant du Raumsdal en Norvège, apprenant les
« envahissements d'Harald Harfager, et prévoyant
« qu'il ne lui serait permis ni de venger le meurtre
« de ses parents ni d'échapper lui-même à la servi-
« tude, réunit ses proches et leur dit : Il s'agit
« d'éviter un grand péril ; vous savez la haine
« d'Harald contre nous ; il ne reste que deux moyens
« d'y échapper : ou bien partir en exil, ou bien
« mourir chacun dans sa demeure. J'accepterais
« volontiers pour moi la même mort qu'ont déjà
« subie mes parents, mais je ne veux pas vous
« envelopper dans mon malheur, et je sais cependant
« que vous ne vous ne voudrez pas m'abandonner
« en un tel péril. » — Biorn, fils de Ketil, répondit :
« Mon avis est qu'à l'exemple de plusieurs chefs
« illustres nous quittions ce pays ; et je ne pense
« pas qu'il y ait grand honneur à attendre ici que
« les esclaves d'Harald viennent nous dépouiller et
« nous donner la mort. » — Comme presque tous
« les assistants applaudirent à ces paroles, Biorn et
« Helgi, son frère, proposèrent qu'on se transportât
« en Islande ; ils avaient entendu dire de cette île
« beaucoup de bien ; la terre y était bonne ; il n'y
« avait pas besoin d'acheter le bétail ; la mer y
« jetait fréquemment des baleines sur les côtes, et
« la pêche y était abondante dans toutes les saisons
« de l'année. — Ketil dit qu'il était trop vieux pour

2

« aller à la recherche de ces pêcheries ; il préféra
« les mers occidentales, qu'il avait souvent parcou
« rues en viking et où il rencontrerait des plages,
« lui connues. — Ces résolutions prises, Ket
« ordonna un grand festin, maria sa fille Thorunn
« Helgi le Maigre, et fit ensuite ses préparatifs d
« départ. Unnr, sa seconde fille, et plusieurs de sc
« proches l'accompagnèrent, tandis que ses fi
« partaient pour l'Islande. »

A peine débarqué sur la plage qui lui a été dés
gnée, comme nous l'avons vu plus haut, par u
signe des dieux, le nouvel arrivant prend possessio
du sol, soit en allumant à l'embouchure d'un fleuv
un grand feu dont les rayons, aussi loin qu'ils s
répandent, lui en soumettent les rives ; soit en ci
conscrivant par des bûchers placés à égale distanc
en vue les uns des autres tout le territoire qu'c
peut de la sorte entourer en un jour ; soit en faisa
le tour du nouveau domaine une torche allumée à
main et dans un sens opposé au cours apparent d
soleil, c'est-à-dire de l'ouest à l'est ; soit en la
çant à travers le pays une flèche enflammée ; soit
marquant son passage par des signes sur les arbr
ou sur les rochers, signes que la loi reconnaît
protége ; soit enfin par quelque autre de ces syn
boles dont les peuples primitifs sont habiles à fai
un langage figuré. Le Landnama Bok en offre

grand nombre d'exemples : « Einar, que ses parents
« des Orcades ne veulent pas reconnaître parce qu'il
« est né d'une esclave, équipe un navire avec ses
« deux frères, Vestmar et Vemund, et émigre en
« Islande. En abordant, ils fichent une hache sur le
« promontoire de Réitargnup, et le golfe qui baigne
« son pied en prend le nom de Eggsarfiord ou golfe
« de la hache. En un second lieu ils érigent la figure
« d'un aigle tournée vers l'occident, et donnent à ce
« lieu le nom de Arnarthufa, c'est-à-dire la colline
« de l'aigle ; en un troisième enfin ils dressent une
« croix, et c'est aujourd'hui le Krossas, c'est-à-dire
« la colline de la croix ; ils s'emparent ainsi de tout
« le golfe d'Eggsarfiord. » Dans un autre récit[1],
Oddr étant arrivé avec les siens dans un domaine
dont l'incendie chassait l'ancien propriétaire, prend
d'une des cabanes en ruine un tison enflammé, fait,
à cheval, dans le sens opposé au cours du soleil, le
tour de l'habitation, en portant ce tison à la main
et en disant : « Je prends pour moi ce domaine, je
« déclare ce domaine désert ; vous tous qui êtes ici,
« vous êtes mes témoins. » D'autres enfin provoquent
en duel le possesseur du sol qu'ils convoitent, et,
s'ils le tuent, restent légitimes propriétaires[2]. Une

1. Voy. Finn. Johannæus, *Historia ecclesiastica Islandiæ,* Havn.
1762, in-4°, p. 9. n.
2. *Eyrbyggia saga,* c. VIII.

fois les limites tracées, on construit l'habitation du
chef, avec la grande salle oblongue, munie de deux
bancs parallèles aux deux parois principales ; au
millieu d'un de ces bancs est le haut-siège, auquel
on adapte les piliers sacrés apportés de la mère patrie, et qui ont déjà servi à déterminer, au nom des
dieux, où l'on a dû aborder et fixer le premier établissement. Le plus pressé est ensuite la construction d'un temple ou *hof*. Beaucoup de chefs qui, en
Norvége, étaient *hofgodar*, c'est-à-dire prêtres ou
présidents d'un temple, ont apporté des fragments
ou même toute la charpente de leur ancien sanc-
tuaire, et surtout quelques poignées de terre empruntées au sol qui supportait en Norvége l'autel où
étaient les statues de leurs dieux ; ces fragments ou
cette terre suffisent pour que le nouveau temple soit,
sous un nouveau ciel, également respectable et sacré.
Le temple islandais consiste lui-même en un grand
édifice dont l'enceinte forme un asile, et au milieu
duquel on voit, sur un tertre, un autel supportant
d'abord la flamme qui ne doit jamais s'éteindre, puis
un anneau d'or ou d'argent sur lequel chacun prête
serment et que le chef porte à la main pendant toute
les réunions, enfin la chaudière destinée à recevoir
le sang des victimes, et l'instrument avec lequel on
asperge de ce sang les murs et l'assemblée [1]. Tout

1. Voy. la saga d'Hakon *Adalsteins foslri*, dans *l'Heimskrin-*

autour de l'autel sont les images des dieux. On voit dans les environs la pierre aiguë sur laquelle on brise les reins des victimes humaines, un lac, une rivière ou une chute d'eau, où l'on précipite ceux qui sont voués aux dieux. Tout Islandais doit acquitter un impôt pour le temple et s'y rendre suivant les ordres de celui qui y préside. Celui-ci doit, en retour, entretenir l'édifiee et subvenir aux repas qui accompagnent les fêtes religieuses. Troisièmement enfin, on s'empresse de consacrer, dans le voisinage du temple, un certain emplacement pour les séances du tribunal ou *thing* où se jugeront tous les différends et tous les méfaits, et où se décideront, en présence de tous, les questions intéressant la nouvelle colonie. Le thing est toujours établi sur quelque haut lieu, parce que les hauts lieux passent pour être habités par les génies envoyés des dieux et pour inspirer à ceux qui y méditent les résolutions les plus sages. Si l'on ne rencontre pas une hauteur que son escarpement naturel protége suffisamment, on entoure le thing d'un fossé ou d'une haie ou de quelque autre obstacle qui le mettent à l'abri des agressions. Aussi voit-on les things appelés quelque fois *rèttr*, mot qui

gla de Snorre Sturleson, c. viii de la saga, p. 136 de la traduction danoise de M. Grudtvig, 1818, in-4°. (Voyez, sur les sacrifices de chevaux et de menu bétail, l'*Eyrbyggia saga*, c. xviii. p. 55).

2.

désigne primitivement, dans le Grágás et les sagas, les parcs où l'on renferme, à l'automne, plus près des habitatious, le menu bétail qu'on a laissé, pendant l'été, dans la montagne. *Afrètt* signifie, dans le Grágás, un pâturage. Les things sont donc par excellence des lieux soigneusement fermés, comme ces pâturages ou ces parcs [1].

Le chef de la colonie préside au tribunal, comme à l'administration du temple et du culte, et il est de la sorte à la fois chef politique et civil, prêtre et magistrat. Le titre norvégien de *godi*, qu'il conserve, désigne également ces trois sortes de puissance. Le nom de *god-ord* s'applique à la circonscription sur laquelle domine un tel chef et à sa dignité. Primitivement son autorité est grande. Aux temps les plus anciens du paganisme, lui seul égorge les victimes, prend sur l'autel l'anneau d'argent, le trempe dans le sang et en arrose l'assemblée ; lui seul d'abord rend

---

1. Voy. Arnesen, *Historisk Indledning til den gamle og nye Islandske Rættergang. (Introduction historique à la procédure ancienne et moderne de l'Islande)* avec les notes de John Erichsen et une préface de Kofod Ancher, Copenhague, 1762, id-4°, p. 334, note. — A Rome les enceintes en bois construites au Champ de Mars pour les comices par centuries s'appelaient *septa* ou *ovilia*, «parcs de bergerie.» C'étaient les περιφράγματα de l'Attique. Les planches furent remplacées, au temps d'Auguste, par de superbes portiques en marbre portant encore le même nom : « Septa marmorea. » (Voy. Aug. Pauly, *Real-Encyclopædie*, VI Band, erste Abtheilung, s. v. Septa).

la justice dans son thing à tous ceux de son district et les commande dans les expéditions guerrières. Protecteur et gardien de la communauté, il en exerce toute la police intérieure, et tire de l'exercice de ces devoirs certains revenus. Un navire étranger aborde-t-il sur son rivage, il arrive à cheval avec quelques agents par lui désignés, autorise le débarquement, perçoit l'impôt, fixe le prix des marchandises à importer, achète avant tous les autres, et accorde à certaines familles le droit d'acheter et de choisir immédiatement après lui. Il offre l'hospitalité aux étrangers, qui la lui payent d'ordinaire. A lui le droit d'aubaine et les amendes, et maintes prérogatives, sources de grands profits. D'ailleurs le *godord* est inamovible, sauf après certains délits ; il est héréditaire et peut passer à une femme ou à un enfant, au nom de qui un tuteur l'administre ; on peut aussi l'acheter.

L'autorité des *godar* islandais, qui reproduit celle des chefs de famille et des petits rois de la Norvège, est, comme on voit, fort étendue. Toutefois elle se trouve corrigée et limitée par la liberté des citoyens. S'il est vrai que tout Islandais soit rigoureusement tenu de s'inscrire dans le district d'un des *godar* voisins de son habitation, du moins il lui est permis de choisir entre ses voisins dans un cercle assez étendu, qui deviendra bientôt une circonscription

légale comprenant trois *godord* ; si même il se trouv
mal de son premier choix, il a le droit de s'offrir a
second ou au troisième de ces magistrats, à cond
tion de présenter et de faire accepter, pour ce chan
gement de résidence légale, des raisons valables ;
peut, enfin, s'il compte pour rien les difficultés d
climat et de la distance, réclamer justice à tel tribu
nal ou thing qu'il préfère. Il arrive de la sorte qu
celui des *godar* qui protége mal ou qui opprime se
administrés voit son *godord* dépérir entre ses mains
L'indépendance personnelle, dont le sentiment es
si fort inné dans le cœur des anciens Scandinaves
tempère ainsi et contient le système oligarchique
qui se montre partout dans leur histoire primitive
Ce système s'ouvrira, d'ailleurs, promptement pou
laisser une place respectée à l'idée de la loi, de l
loi protectrice de tous et de chacun en particulier
de la loi, dont chaque citoyen, dans la société scan
dinave, se croira, si les circonstances le demandent
l'organe et l'instrument, et dont une idée exagéré
de l'État ne viendra pas usurper la puissance ni gêne
l'action. Nous verrons les *godar*, bien différents e
cela des seigneurs féodaux, surveiller l'administra
tion de la justice plutôt que la rendre eux-mêmes
et s'acquitter ainsi d'une fonction plutôt qu'exerce
un privilège. Tandis que la féodalité confondra l
droit public et le droit privé, ils seront nettemen

distingués ici, sans danger qu'une centralisation extrême détruise entre eux l'équilibre.

A mesure que l'île se peupla de nouveaux colons, la constitution primitive se trouva insuffisante, et cette insuffisance engendra quelques désordres. Le temps et la nécessité amenèrent une certaine centralisation, qui dut avoir pour résultat surtout de remédier à l'isolement et à la dispersion des chefs. Un demi-siècle après le commencement de la colonisation, la législation d'Ulfliot se fonda sur la base d'un pouvoir public, unique et général.

Norvégien de naissance, Ulfliot était depuis longtemps établi en Islande, et cette île était devenue sa patrie d'adoption. Témoin de la confusion qui régnait dans la république, il conçut le projet de réunir les différents chefs par un lien commun, de les soumettre à une seule loi, à une seule juridiction qui les dominerait tous, même les plus puissants. Avant de mettre à exécution son projet, il crut nécessaire de faire un voyage vers son beau-frère le Norvégien Thorleif le sage, *lôgmadr* ou légiste fort renommé ; il voulait, comme jadis Lycurgue visitant la Crète, se retremper à la source première des institutions qu'il aspirait à réformer. Sexagénaire, il traversa de nouveau l'Océan et resta auprès de Thorleif pendant trois années ; de retour en 928, il engagea les Islandais à adopter la législation qu'ils avaient tous deux méditée et qui se modelait de plus près encore sur les lois norvégiennes.

De cette législation d'Ulfliot les auteurs du Landnama Bok nous ont conservé quelques fragments, qui n'en donnent probablement pas, il est vrai, les dispositions les plus importantes, mais dont le caractère tout religieux, confirme bien l'antiquité :

« Le commencement de ces lois païennes était, « disent-ils, au chapitre vii de la IVᵉ partie, qu'on « ne devait employer sur mer aucune embarcation « ayant à la proue une tête d'animal ; ou bien l'on « devait, avant d'être en vue d'un rivage, enlever « cette tête, de sorte qu'il n'y eût ni visage hideux « ni gueule béante qui pût effrayer et mettre en fuite « les génies tutélaires de la contrée.

« L'anneau sacré, pesant deux onces au moins, « devait être placé sur l'autel du temple principal. « Le *godi* ou prêtre devait le tenir à la main pendant « les cérémonies, après l'avoir trempé dans, le sang « du taureau sacrifié.

« Quiconque avait à plaider une affaire devant le « thing ou tribunal devait commencer par prêter « serment sur cet anneau par-devant deux ou plu- « sieurs témoins : « Je vous prends comme témoins, « devait-il dire, que, sur l'anneau sacré, je prête « serment, serment conforme à la loi. Que Freyr « m'assiste, et Niôrd et le dieu Ase tout-puissant,

« comme il est vrai que je soutiendrai cette cause
« avec toute la droiture, toute la sincérité et tout le
« respect des lois possible, et que j'accomplirai de
« même tous les actes légaux pendant la session de
« l'*Althing !* [1] »

Les lois d'Ulfliot enjoignaient, en outre au *godi*
d'intervenir personnellement quand abordaient les
marchands étrangers venus de Suède et de Norvège,
de fixer le prix de leurs denrées, les heures et étapes
de vente, les logements, etc. Elles l'autorisaient, au
besoin, à leur interdire toute vente dans sa circonscription. C'est Ulfliot aussi qui exigea que tout
accord entre deux personnes ou deux familles enne-
mies, pour être valable, fût conclu devant les
tribunaux. Il voulait protéger ainsi, sans aucun doute,
les plus faibles contre les plus puissants [2].

Telles étaient quelques unes des dispositions particulières que l'état des mœurs en Islande avait sug-
gérées au nouveau législateur au commencement du
dixième siècle. Mais la nouveauté de sa constitution
était, nous l'avons indiqué, dans la création d'un
lien commun réunissant tous les différents chefs, et
ce lien commun fut l'Althing ou assemblée générale

---

1. Ce serment était appelé le *Stallahrings Eidr*. (Voy. Arnesen,
p. 249. — Cf. *Viga Glums saga*, c, xxv, apud Arnesen, p. 251,
n. 179.)

2. *Gull Thoris saga*, c, xv.

présidée par un magistrat élu, qui devenait le che.
suprême de la république. « Dès qu'Ulfliot fut de
« retour, dit le Landnama Bok, l'Althing fut consti-
« tué et des lois communes régirent ce pays. »

Nous étudierons dans le second chapitre l'organisation de l'Althing, qui est resté le principal organe
des institutions politiqnes et judiciaires de l'Islande ;
achevons ici l'histoire de l'entier développement de
cette ancienne constitution. L'œuvre n'était pas
complète ; l'édifice érigé par Ulfliot avait désormais
un faîte, mais il y manquait des degrés. Are Frode
nous apprend qu'il y eut, peu de temps après la
réforme d'Ulfliot, un grand procès entre deux
puissants Islandais, Thord Gellir et Tungu Oddr.
Par suite de la nouvelle organisation, ce procès
coûta aux parties et à leur clientèle d'innombra-
bles voyages à l'Althing, d'incroyables dépenses,
un trouble inouï, des rencontres fâcheuses, des
querelles privées, des désastres et des meurtres.
Aussi Thord Gellir, pendant une des sessions de
l'assemblée générale, dit-il publiquement combien,
en beaucoup de cas, il était fâcheux d'avoir à se
rendre vers des tribunaux éloignés et inconnus, et
que de peine il avait eu, pour sa part, à établir sa
poursuite. Sa réclamation paraissant fondée, on
divisa l'île en quatre *fiordungar* ou quartiers, chacun
d'eux se subdivisant en trois things, excepté celui du

Nord, qui en eut quatre. Ces things locaux devaient tenir leurs assises régulières au printemps, et prenaient de là le nom de varthings ou things du printemps ; chacun d'eux se subdivisait en trois des anciennes circonscriptions nommées *godord ;* trois chefs de ces *godord* composaient, comme juges, le thing du printemps.

Cette répartition, qui eut lieu en 964, effaça naturellement et absorba les things primitifs, établis arbitrairement, suivant la puissance ou le gré des chefs de l'émigration primitive, et ainsi se trouva fixée, sauf quelques modifications ultérieures, la constitution que l'Islande devait conserver pendant toute la période de son indépendance. Pour étudier cette constitution en elle-même, ayons recours au Grágás, qui en montre à la fois l'esprit et les ressorts.

II

**Institutions politiques. — L'Althing islandais considéré
comme assemblée législative et politique.**

On désigne sous le nom de *Grágás* le livre qui
nous a conservé, réunies et commentées, les différentes lois que l'Islande s'est données depuis l'époque
de la colonisation jusqu'à la fin du xiiie siècle. Nous
avons conduit, dans le chapitre précédent, l'histoire
de la constitution islandaise jusqu'à la fin du xe siècle,
où elle atteignit son entier achèvement. Jusqu'alors
les lois avaient été conservées par la seule tradition
orale, à peu près exclusivement. Quant vint le christianisme, vers l'an 1000, l'Islande connut l'écriture,
où, du moins, des caractères d'un usage plus facile
que n'étaient les runes. Peut-être ne s'en servit-elle
pas fréquemment dès le xie siècle pour la rédaction
de formules qui étaient encore familièrement fixées
dans toutes les mémoires ; mais, en 1117, les anciennes lois de la république étant devenues décidé-
ment trop nombreuses et trop compliquées pour être
retenues, comme autrefois, par le seul souvenir,
plusieurs d'entre elles ne convenant plus d'ailleurs
aux récents progrès de la civilisation dans l'île, le

magistrat suprême ou président de l'Althing, Berg
thor fils de Rafn, proposa une rédaction définitive
complète de celles qui resteraient en vigueur. L
proposition fut adoptée, et l'œuvre confiée aussitôt
Bergthor lui-même, à son frère Haflidi Masson, et
quelques autres citoyens choisis pour ce dessein
Nous apprenons par le témoignage contemporai
d'Are Frode qu'Haflidi, le plus riche des Islandai
prêta sa maison et fit les frais rendus nécessaire
par ce grand travail. Les délégués revisèrent tout
les lois encore en usage, retranchant et ajoutan
suivant qu'il leur semblait utile. Leur travail prép
ratoire fut soumis à l'Althing pendant l'été suivan
et le suffrage de cette assemblée décida, à la majori
des voix lesquelles de ces lois ainsi modifiées feraie
partie du nouveau code. Lu à l'assemblée généra
de l'année 1118, le code ainsi revisé fut unanimeme
adopté ; plusieurs copies en furent faites, et l'exen
plaire dressé par les soins d'Haflidi lui-même d
être conservé chez le magistrat suprême pour serv
de modèle authentique.

Toutefois cette première rédaction des lois isla
daises ne fut pas définitive. Quatre ans après
rédaction des lois civiles et criminelles, c'est-à-di
en 1123, on y ajouta un code ecclésiastique ou *Kri
tinna laga pattr* dont l'auteur ou l'un des auteurs f
peut-être Saemund Frode, rédacteur présumé

l'ancienne *Edda*, et disciple de l'Université de Paris.
Sept ans après, en 1130, d'importantes modifications
furent apportées aux lois civiles. Il y eut encore
d'autres sources d'additions et de corrections fré-
quentes. Une des principales fut l'introduction de
nouveaux édits dans le corps général des lois en vigueur. Le magistrat suprême de la république, qui
n'était autre que le président de l'assemblée générale,
élu par elle pour trois ans, avait le droit et le devoir
de promulguer, à son entrée en charge, non pas
précisément, comme le préteur à Rome, un édit,
mais une sorte de commentaire, qui, sans se substituer au code, devait le compléter, et qui était valable
tant que ce magistrat restait en fonctions. Le succes-
seur adoptait souvent les commentaires d'un de ses
prédécesseurs qui finissait par gagner, en tout ou
partie, force de loi. De plus, l'élection pouvant être
renouvelée en faveur d'une même personne, certains
magistrats conservaient le pouvoir pendant toute
leur vie, et l'on conçoit qu'à l'aide de leur longue
et durable autorité quelques unes de leurs maximes
aient pu rester inscrites parmi les lois définitives.
Autres causes de changements et d'additions : la
chose jugée, surtout dans les cas difficiles, faisait
règle, non pas seulement pour les parties dans le
présent, mais aussi pour les générations suivantes ;
les précédents, retenus d'abord et invoqués par la

mémoire des plaideurs et des juristes, entrèrent
facilement dans le corps du droit civil dès qu'on sut
communément employer l'écriture ; s'il arrivait qu'en
présence d'un cas douteux ou de complications im-
prévues la loi interrogée gardât le silence, le magistrat suprême, sur la demande de l'une ou de l'autre
partie, devait convoquer les magistrats inférieurs ; ce
tribunal improvisé jugeait, à la majorité des voix, le
cas qui lui était soumis, et la décision devenait loi
pour l'avenir. Enfin, le magistrat devait lire publiquement, chaque année, une partie du code à ses administrés ; à cette lecture il était tenu d'ajouter des
éclaircissements sur les passages difficiles ou obscurs ; il devait répondre aux citoyens qui venaient,
en dehors des sessions régulières, le consulter chez
lui ; et l'on comprend que ces explications et ces
réponses n'aient pas manqué quelquefois de se glis-
ser parmi le reste des lois.

  Nous ne possédons plus le code islandais tel qu'il
a été rédigé une première fois en 1118. Le manuscrit
d'Haflidi et ses copies fidèles ont été perdus. Il ne
nous est resté qu'un singulier recueil datant du XIIIe
siècle, où se rencontrent, avec les principales dispositions du code de 1118, rangées dans un ordre
probablement nouveau, les modifications et additions
successives et les commentaires dont nous venons
d'énumérer les occasions diverses. Ce recueil est ce

qu'on appelle aujourd'hui le *Grágás*. On y reconnaît, au milieu de l'ancien texte, les décisions mêmes des magistrats, qu'un long usage y a introduites ; le plus souvent on ne saurait s'y méprendre, car le discours devient subitement direct, et le magistrat parle en son propre nom ; il en arrive précisément de même pour ce qui nous reste du droit prétorien dans le Digeste. On ne saurait douter, de plus, qu'un grand nombre d'interpolations, difficiles à discerner aujourd'hui, ne se soient introduites dans ce recueil, sous l'empire des différentes causes que nous avons signalées.

Le Grágás nous est resté en deux manuscrits *principes* sur parchemin, qu'une foule d'autres manuscrits sur papier ont ultérieurement reproduits. L'un des deux premiers, exécuté plus anciennement et sur un plus ancien modèle, paraît dater de 1250, et est conservé aujourd'hui à la Bibliothèque royale de Copenhague : c'est le *codex regius ;* l'autre, rédigé de 1271 à 1275, fait partie de la célèbre collection arnamagnéenne à l'Université de Copenhague : c'est le *codex arnamagnœus*. Probablement nous avons dans ces deux manuscrits un simple résumé de l'ancienne loi, tel que quelque magistrat l'avait pu rédiger pour aider sa mémoire et se rendre la tâche plus facile, en se réservant d'y ajouter les nouveaux règlements, ses propres décisions, celles de ses prédécesseurs et ses commentaires personnels. Ce n'est plus un code, c'est un *compendium* raisonné que nous avons sous les yeux, ou même seulement un cahier de notes entremêlées de textes.

Quant à la dénomination de Grágás, qui désigne exclusivement ce recueil aujourd'hui, et qui s'étend à l'ancien code que seul il représente, elle est toute moderne. Inconnue dans les documents du moyen âge, elle ne commence à paraître que dans les livres du xviie siècle. On la trouve pour la première fois, suivant le témoignage du savant M. Werlauff, dans les ouvrages inédits de Biôrn de Skardsa, mort en 1665. Dans son Lexique runique, publié en 1650, Olaüs Wormius désigne plusieurs fois du nom de Grágás le code le plus ancien de l'Islande. Mais on chercherait en vain la même dénomination dans le livre d'Arngrim Jonsson sur l'histoire de l'Islande publié à Hambourg sous le titre de *Crymogœa*, en 1609. Bien que l'auteur y cite précisément les mêmes titres de paragraphes et de chapitres que nous retrouvons dans nos deux manuscrits, et d'après ces manuscrits sans aucun doute, cependant il ne connaît d'autres expressions pour désigner le vieux code lui-même, dont il donne de nombreuses citations, que celles de *code primitif*, d'*ancienne loi*, etc. Ce n'est pas à dire, d'ailleurs, que ces érudits, Biôrn de Skardsa et Olaüs Wormius, qui ont employé les

premiers, au milieu du XVIIe siècle, le mot de Grágás,
aient été les inventeurs de cette dénomination. Il est
beaucoup plus probable que le peuple islandais
l'avait appliquée avant eux, afin de distinguer le
recueil contenant les anciennes lois des codes imposés
ultérieurement par les rois de Norvège, comme le
Jarnsida et le *Jons Bok;* les collectionneurs, les
copistes et les savants n'auront fait ensuite qu'adopter
et enregistrer un usage établi. Le mot de Grágás n'a
lui-même d'autre sens que celui d'un âge très-avancé ;
il signifie oie grise ; c'était une croyance populaire
en Islande que les oies grises sauvages parvenaient
d'ordinaire à une extrême vieillesse, et les paysans
islandais se servent encore aujourd'hui de cette
expression en parlant d'une personne qui a vieilli.
Le mot signifiait donc, chez ce peuple habitué au
style figuré, le plus ancien des codes, la plus ancienne
des lois, et il désignait avec le même sens le recueil
manuscrit où cette loi était contenue. Nous devons
ajouter cependant qu'on propose quelquefois une
autre étymologie. Le mot *gás* paraît avoir désigné
le parchemin, et, par suite, un manuscrit sur
parchemin ou même un volume relié en parchemin ;
grágás signifierait donc la même chose que *gras-
kinna*, manuscrit de parchemin ou relié en parchemin gris [1].

1. Une troisième explication a été proposée ; une espèce d'oie

Nous possédons deux éditions imprimées du Grágás, chacune reproduisant un des deux manuscrits primitifs, avec les additions et les variantes de l'autre [1]. La plus connue de ces deux éditions est celle qui a été donnée par les soins de la commission arnamagnéenne, en 1829, avec une traduction latine, et qui se compose de deux volumes in-quarto. La traduction, la disposition des diverses parties, les notes, les tables et les deux index, celui des choses et celui, fort précieux, des mots, y sont l'œuvre d'un Islandais, M. Thord Sveinbiornsson. L'introduction seule est de J. F. G. Schlegel [2].

Pour ce qui est du contenu et des principales divisions du Grâgâs, il est facile de s'en rendre compte, si l'on ne se préoccupe pas des différences entre les

d'Islande ayant la peau très épaisse, on peut en faire une reliure. Plusieurs livres du Nord ancien sont ainsi nommés d'après leur reliure le Norkins Kinna le Rokins Kinna. V. Arnesen. *Introduction au Droit islandais*, note de la préface.

1. Une autre édition, avec traduction danoise, a été entreprise par la société littéraire du Nord, *Nordiske Literatur-Samfund* à Copenhague, et confiée aux soins de M. V. Finsen. La première partie a paru en 1850, la quatrième partie en 1856 ; l'ouvrage n'est pas terminé.

2. Jean-Frédéric-Guillaume Schlegel, né le 4 octobre 1766 à Copenhague, mort le 19 juillet 1836, fut un des juristes érudits les plus distingués du Danemark. Comme son père il fut longtemps professeur à l'Université de Copenhague et élevé à plusieurs hauts emplois. On trouvera la liste de ses nombreuses publications dans le dictionnaire d'Erslew, *Almindelig Forfatter Lexicon*, tome III, pag. 58 sq.

deux manuscrits, peu importantes après tout. On
rencontre d'abord dans ces deux manuscrits le code
ecclésiastique. *Kristinna laga Pattr*, de 1123, et qui
était la partie la plus importante aux yeux des copistes du xiii° siècle. M. Sveinbiornsson avait cru devoir
l'omettre dans l'édition arnamagnéenne, et cette
omission était d'autant plus regrettable, que la seule
édition qu'on en eût, celle de Cl. Thorkelin, était
fréquemment fautive. M. Finsen a inséré et traduit
en tête de son travail ce code ecclésiastique, qui
n'est pas d'une médiocre importance pour faire comprendre la loi judiciaire et civile, placée immédiatement après, ou même les lois religieuses du paganisme, auxquelles il fait de perpétuelles allusions.
Le reste du recueil, tel qu'il se présente dans l'édition
arnamagnéenne, se divise en dix sections, dont
chacune se subdivise en titres. Les trois premières
sections traitent de l'organisation judiciaire, c'est-à-
dire des droits et des devoirs du premier magistrat,
de la constitution des tribunaux suprêmes, et de la
procédure. Les quatrième, cinquième et sixième
sections traitent du droit civil, c'est-à-dire des héri-
tages, de la condition des pauvres, des proscrits, des
affranchis, et de la condition des femmes. La septième section a pour titre ces mots, *Kaupa-Balkr*, que
M. Sveinbiornsson traduit par *De commerciis*. Il faut
l'entendre sans doute de toutes les sortes de négo-

ciations et de contrats qui peuvent survenir entre
les particuliers : « C'est, dit M. Pardessus, comme
« quand le droit romain dit, *res intra commercium*,
« *res extra commercium*, ou bien comme l'entend
« l'article 1128 du code civil français : Il n'y a que
« les choses qui sont dans le commerce qui puissent
« être l'objet des conventions. » La huitième section
est une sorte de code criminel ; la neuvième contient
les dispositions relatives à la propriété foncière, et
la dixième enfin est un petit code maritime.

Ce n'est pas à dire que l'ordre général soit
rigoureux, ni que chaque division contienne exactement ce que son titre annonce. Soit par le peu
d'expérience des rédacteurs, soit par l'effet des
additions successives que nous avons signalées, soit
enfin parce que cette législation reproduit naturellement la complexité un peu confuse de la société
dont elle est l'image, d'une part les catégories ne
sont pas nettement tranchées, et de l'autre les
matières, dans chaque division, paraissent souvent
confondues. Toutefois un effort excessif n'est pas
nécessaire pour coordonner clairement les lois
éparses et reconstruire en son entier tout l'édifice.

Les codes d'un peuple qui commence à s'ouvrir à
la civilisation, surtout si ce peuple est bien doué et
destiné à un grand rôle, contiennent l'expression
attachante de toute sa vie morale, car il y inscrit

tous ses instincts et toutes ses passions. C'est l'honneur de l'humanité de sentir de bonne heure la nécessité et la majesté de la loi, et si profondément, que les sociétés naissantes identifient, dans cette seule vue et pour ce seul intérêt, l'ordre politique, l'ordre civil, l'ordre moral et l'ordre religieux ; elles sont d'autant plus portées à invoquer cette tutelle, qu'elles sont plus naïves ; leur chef militaire est en même temps leur prêtre et leur juge, et, placée dans ces conditions, la loi, qu'elle soit transmise uniquement par la tradition ou bien qu'elle soit écrite, envahit bien au delà de son domaine naturel.

Le Grágás contient par-dessus tout un code judiciaire et pénal. Mais les institutions judiciaires touche de très près aux législatives, ainsi qu'à toute l'organisation politique, chez un peuple à peine civilisé et dans un état social où la séparation des pouvoirs n'est pas encore exactement tranchée. L'administration de la justice est ici une des fonctions de la même assemblée qui fait et corrige les lois, et qui est dépositaire de toute la puissance publique. En même temps donc que le Grágás nous éclairera sur la procédure et la pénalité islandaises, il nous apprendra comment s'étaient constitués le pouvoir législatif et le pouvoir politique dans un Etat qui était appelé, nous l'avons dit, à reproduire toute la civilisation du Nord scandinave. Les premiers chapitres, qui traitent de l'organisation de l'Althing, nous fourniront à eux seuls les principaux traits de ce tableau.

Mais, avant d'étudier le texte du Grágás, il faut décrire les lieux qui ont servi de théâtre aux institutions qu'il dépeint.

Le frère même d'Ulfliot, Grim à la barbe de chèvre[1], avait reçu une somme, fournie en commun par tous les notables Islandais, pour visiter l'île et rechercher l'emplacement qui conviendrait le mieux à la future assemblée générale. Celui qu'il désigna correspondit singulièrement, par son étrange majesté, à la sévérité du génie scandinave et à la dignité du rôle auquel il fut réservé.

Non loin et un peu à l'est de Reykjavik[2], on remarque, sur la carte d'Islande, un lac de 60 à 70 kilomètres de tour. Une plaine s'étend au nord du lac ; c'est la plaine de Thingvella, formée tout entière de matières volcaniques. Jadis, sans doute, dans une des plus formidables convulsions de l'Islande, une immense nappe de lave est descendue du centre de l'île ; cette nappe a rencontré le lac et ses rives ; du lac elle a comblé la partie septentrionale ; puis, en se refroidissant, elle s'est affaissée dans

1. *Geitskör*, à la barbe, à la chevelure de chèvre ; ou bien en lisant *Geiskór*, au soulier, au pied de chèvre.
2. A une distance de 6 ou 7 heures à cheval.

l'abîme qu'elle avait envahi, laissant à l'est et à l'ouest deux plateaux plus élevés, dont elle s'est séparée en se déchirant ; l'une et l'autre déchirures sont encore visibles ; elles ont formé deux immenses crevasses qui forment les limites orientale et occidentale de la plaine de Thingvella. Celle de l'est s'appelle Hrafnagia , c'est-à-dire le ravin des corbeaux ; celle de l'ouest s'appelle l'Almannagia, c'est-à-dire le ravin public ou de tous les hommes, sans doute parce que c'était là, comme nous l'expliquerons tout à l'heure, qu'affluaient et s'établissaient même les nombreux spectateurs attirés chaque année par l'Althing.Le Hrafnagia, dont les parois se sont éboulées çà et là, est, à vrai dire, une médiocre tanchée ; mais, au contraire, l'Almannagia excite la surprise et l'admiration. C'est 'un immense corridor, une sorte de rue qui semble taillée au milieu du roc volcanique dans une étendue de 8 à 10 kilomètres, sur une largeur de 20 à 30 mètres, et presque sans sinuosité. Le mur occidental est élevé de 20 à 40 mètres à pic ; le mur oriental, moins régulier et généralement moins élevé, est oblique ; il incline vers la plaine absolument comme au jour terrible où s'est faite la dislocation de la matière volcanique qui se contractait en se refroidissant, et comme à l'instant même où le refroidissement a arrêté subitement et solidifié dans sa chute la masse énorme détachée du

plateau occidental pour aller suivre dans sa dépres-
sion toute la plaine de Thingvella. Les traces de la
séparation sont visibles, dans l'Almannagia, comme
si elle avait eu lieu hier ; aux angles et aux lignes
d'une des deux parois correspondent les angles et
les lignes de l'autre, aussi exactement que si ces parois venaient d'être détachées par des moyens méca-
niques. Autre singularité, l'Almannagia est traversé
obliquement, du nord-ouest au sud-est, et dans un
assez court espace, par un torrent, l'Öxará, qui vient
y tomber du plateau occidental en formant une première cascade de 30 mètres, puis une seconde, pour
s'échapper de là dans la plaine, et se perdre dans
le lac après avoir formé trois petites îles. Quant à
la plaine elle-même, ce n'est, dit un témoin oculai-
re[1], qu'une croûte de lave couverte de grosses bour-
souflures ridées par le poids de la matière encore vis-

1. M. de Saulcy, qui a bien voulu me communiquer ses
dessins, ses notes, ses plans faits sous la tente, et m'éclairer
de ses souvenirs. M. de Saulcy avait déjà lui-même rédigé en
partie ces notes en vue d'une communication intéressante
insérée dans le Constitutionnel, 16 et 17 septembre 1856.
Plusieurs autres voyageurs qui ont accompagné dans son
expédition en Islande le prince Napoléon : M. Ch. Giraut,
peintre attaché à l'expédition, et qui a envoyé à l'exposition de
peinture de 1861 une reproduction intéressante du paysage de
Thingvella ; M. Rousseau, du muséum d'histoire naturelle ; M.
Hubaine, secrétaire des commandements du prince, etc., m'ont
aussi aidé de leur bienveillantes informations. M. Charles
Sallandrouze de Lamornais, officier de l'Artémise pendant la

queuse, alors que son refroidissement s'opérait après
sa sortie des entrailles de la terre ; un réseau d'in-
nombrables crevasses et fissures profondes de 15 à
20 mètres la découpe en tous sens ; elle a environ
huit kilomètres de long sur huit kilomètres de
large ; vers le nord elle se rejoint par une pente
douce aux autres terrains, et son côté sud est bai-
gné par le lac, dont le fond n'est encore qu'une con-
tinuation de la plaine. Son aspect, malgré les bour-
souflures et les crevasses, est très riant, à cause
de quelques bois de bouleaux nains et des pâturages qui bordent l'Almannagia. Cet aspect devient
majestueux, si un soleil éclatant illumine au loin les
sommets neigeux qui encadrent la scène, et si l'esprit du spectateur, en même temps qu'il admire
l'étrangeté du site, se reporte aux époques reculées
pendant lesquelles cette plaine de lave a servi de

station navale de 1859-60 sur les côtes d'Islande, a fait à mon
intention une nouvelle visite à Thingvella, et a soigneusement
consulté la tradition orale. Les simples rapports des guides du
pays se sont trouvés d'accord avec les textes du Grágás et de
la saga de Nial.
(M. Ch. Sallandrouze de Lamornaix alors enseigne de vaisseau
aujourd'hui vice-amiral, écrivait à l'auteur (octobre 1860) « j'ai
passé quinze heures à étudier Thingvella.... je ne voulais con-
fier à personne le soin de vous en donner des détails certains.
J'ai relu assis sur le Lögberg la description que vous m'avez
donnée, elle m'a paru parfaitement exacte ; je n'ai pas cru
devoir en faire moi-même une trouvant la vôtre très vraie.
Note de l'éditeur).

théâtre à de tumultueuses assemblées nationales.

Un caprice de la nature a isolé, au milieu des fissures de Thingvella, un roc de lave formant un ovale allongé, d'environ 300 mètres, du sud au nord sur une largeur qui varie de 6 à 20 mètres, et entouré d'une crevasse continue assez large et assez profonde pour faire du bloc une sorte d'île inabordable, excepté par un isthme étroit qui, vers l'extrémité sud-est, le joint à la plaine et donne accès sur son plateau [1]. C'est ce bloc volcanique que Grim à la barbe de chèvre avait choisi pour les séances de l'Althing islandais. Sur son côté oriental, à peu près au milieu de la longueur totale, à 150 mètres donc environ de l'isthme et à l'endroit de la plus grande largeur, se trouve une éminence d'une médiocre élévation. A 120 mètres plus loin il y en a une autre, occupant toute la pointe nord du rocher. Suivant la tradition, car les textes sont obscurs, la seconde de ces hauteurs, celle du nord, servait aux séances de l'assemblée législative et politique ou *lôgretta*, tandis que sur la première, celle de l'est, siégaient les tribunaux ; c'était là proprement le célèbre *lôgberg* ou rocher de la loi. Le président de l'Althing se plaçait au milieu du tertre, tourné vers l'occident ; il voyait aisément quand la lumière du soleil commençait à éclairer le

---

1. Des éboulements ont rendu aujourd'hui cet isthme peu distinct.

mur occidental de l'Almannagia, et la loi voulait qu'il réglât là-dessus certaines opérations des tribunaux ; par exemple, et pour emprunter les expressions, cette fois pittoresques, de la traduction latine du Grágás (section 3, titre 5), on procédait à la récusation des juges « serissime cum sol, e nomophycalis ad « rupem jurisdicundi sede, occidentali chasmatis rupi « superinstare videretur [1]. » En présence du président ou *lôgsôgumadr* étaient les juges, qui entouraient le monticule. Des gardes défendaient l'entrée à l'endroit où le rocher n'a pas plus de 6 mètres de largeur totale. Outre ce poste armé on comprend que le roc était rendu inexpugnable par les crevasses dont il était et est encore entouré ; ce sont, en effet, de véritables abîmes dont l'ouverture béante a de 5 à 15 mètres et dont une eau verte et bleue ne laisse pas, malgré sa transparence, calculer la profondeur. Le seul aspect en inspire l'horreur et éveille de lugubres souvenirs : plus d'une victime y a péri. En 1742, un fonctionnaire danois, infidèle et redoutant le châtiment de sa faute, s'est précipité volontairement dans la fissure occidentale, à laquelle il a laissé son nom ; c'est le Nicola-gia [2] ; de l'autre côté, au

---

1. Voici le texte : « Sva it si parsta, at sol se a giahamri « enum vestra or lögsögumannz rumi til at sia alögbergi. »

2. *Gjá* ou *Giá* veut dire ouverture béante. (Cf. *gapa* isl. Cf. l'ancien français *gaber*. — Cf. le mot *gave*, qui désigne les

point où la fente orientale se trouve le moins large,
un héros des sagas, Flosi, a été jadis plus heureux ;
au moment où la sentence des tribunaux qui le met-
tait hors la loi allait s'exécuter, il fit pour y échapper
un saut formidable, de près de 5 mètres, et la fissure
en a conservé le nom de Flosi-gia.

Tout ce qui environnait le bloc sur lequel l'assemblée générale se réunissait concourait d'ailleurs au
même but. La plaine de Tingvella, couverte encore
aujourd'hui çà et la, parmi les débris volcaniques,
de mousse, d'herbe et de bouquets de bouleaux
nains, recevait la multitude des assistants. Dans la
seconde cascade de l'Öxará, qui n'est guère aujour-
d'hui qu'un rapide formé par les les eaux bouillon-
nantes sur un plan incliné de 30 mètres formé de
rocs épars, on précipitait, dit-on, les femmes adul-
tères [1] ; enfin, l'une des petites îles que forment les
eaux du torrent avant de se perdre dans le lac servait de théâtre, dès les temps les plus anciens, et
même avant l'institution de l'Althing, aux combats singuliers.

On désignait sous le nom d'Althing ou assemblée

eaux torrentueuses sillonnant et creusant les montagnes dans
les Pyrénées. — Cf. *Chasma, chaos*, etc.)

1. C'est une tradition, mais peut-être moderne ; la domination danoise imposa, en 1564, ce supplice en Islande ; il semble
que la peine de mort n'ait pas été infligée pour adultère
pendant toute l'époque du catholicisme.

générale du peuple islandais deux réunions diverses
qui avaient lieu concurremment : celle d'une assemblée législative et, par là, politique ; le lieu de ses
séances était, comme nous l'avons dit, le tertre septentrional ; et celle des tribunaux supérieurs rendant la justice pour les quatre divisions de l'île ;
ceux-là siégeaient sur le monticule voisin de l'isthme.

Considéré comme assemblée législative, l'Althing
prenait le nom de *lôgretta,* c'est-à-dire qui corrige,
qui précise et qui fait la loi. Aux termes du Grágás,
le lôgretta se réunissait pendant les deux dimanches
et pendant le dernier jour de l'Althing, lequel se
tenait pendant toute la seconde moitié du mois de
juin de chaque année, c'est-à-dire pendant le temps
où les longs et clairs crépuscules rejoignent l'aurore
avec une totale absence d'obscurité. Il pouvait toutefois se réunir plus souvent, si son président ou
la majorité des assistants le requérait. Le lôgretta se
composait des *godar* ou magistrats locaux de tout le
pays. Chacun d'eux se faisait accompagner de deux
assesseurs choisis par lui-même entre les habitants
de sa circonscription. Quatre triples rangées de
bancs, une, pour chaque *fiordung* ou quartier, entouraient l'espace carré du lôgretta [1] ; douze *godar*

1. Voy. le Grágás, pages 4 et 5 de l'édition arnamagnéenne.

étaient assis sur le banc du milieu de chaque rangée,
chacun ayant, devant et derrière soi, sur les deux
autres bancs, ses deux assesseurs. Le lôgretta comptait cent quarante-quatre membres sans le président.
Celui-ci siégeait seul au milieu de l'espace réservé
entre les bancs, dans lequel il introduisait, au besoin,
un orateur. La foule des assistants se tenait debout
derrière l'enceinte ainsi occupée : « Extra subsellia
sedeat multitudo [1]. »

Le président du lôgretta ou lôgsôgumadr était
tenu de réciter, comme son titre l'indique, puis, une
fois qu'elles furent écrites, de lire publiquement
tout l'ensemble des lois, ainsi que les formules de
la procédure, dont nous verrons bientôt l'importance aux yeux des Islandais formalistes. Il devait
achever la lecture entière de tout le code pendant
les trois étés que durait sa charge. Si une loi était
passée sous silence pendant toute une période triennale sans aucune réclamation, *cette loi était réputée
abolie*. Le lôgsôgumadr était obligé d'ajouter à cette
lecture les explications qui pouvaient sembler nécessaires ; aussi fallait-il qu'il fût jurisconsulte habile
et expérimenté. En cas d'embarras, il lui était permis d'appeler à lui cinq juristes ou davantage, et de
les consulter secrètement. Son rôle d'interprète de

---

1. « Ut fra pöllom a alpipa at sitia. »

la loi se continuait dans l'intervalle des sessions, et
tout citoyen pouvait aller à son logis le consulter à
toute époque de l'année. La loi n'était modifiée qu'a-
près la discussion et le vote des membres de l'assemblée sous la direction de leur président. Outre
la lecture et l'interprétation du code, et la publication des formules, ce président comptait encore au
nombre de ses principaux devoirs la proclamation
des dispenses légales, des grâces et immunités accordées par le lôgretta. Des parties voulaient-elles terminer par un accord un long procès ou une guerre
privée, un exilé voulait-il obtenir son retour, c'était
au lôgretta qu'il devait s'adresser. Chaque membre
émettait son avis sous serment; la majorité décidait,
pourvu toutefois que la minorité ne fût pas de plus
de douze membres ; si le président s'était rangé avec
la minorité, il fallait que la majorité comptât au
moins deux voix de plus. Le Grágás règle avec minu-
tie et en détail toutes ces dispositions ; c'est l'objet
de ses premières pages. Il commence de la sorte :
« La loi a pris soin qu'il y ait toujours parmi nous
« quelqu'un sur qui repose la fonction de réciter la
« loi aux habitants. C'est le lôgsôgumadr. Si le lôg-
« sôgumadr vient à mourir... » Suivent les prescriptions relatives à son élection, etc.

Ainsi en résumé, le lôgretta était dépositaire de la
loi ; il la faisait, la modifiait et l'appliquait, à la

majorité des voix ; par son président il la publiait et l'interprétait.

Outre son rôle législatif, il paraît avoir encore servi d'organe et d'interprète au pouvoir administratif. C'est le lôgsôgumadr qui publie les divisions de la prochaine année, le commencement et la fin de chaque saison, l'époque où devront avoir lieu les divers travaux de la terre ; il dit si l'année doit être ou non bissextile, quand s'ouvrira le prochain Althing, quelles règles présideront, comme chaque année, à ses réunions, ou quelles causes pourront le faire dissoudre.

Dans cette même assemblée enfin dont nous avons vu les attributions législatives et administratives, se prennent toutes les résolutions qui concernent l'intérêt général. Par là, elle devient véritablement une assemblée politique et nationale. L'histoire des grandes mesures résolues par le lôgretta sous ses divers présidents, dont on peut, avec le secours des sagas, restituer la série, serait donc l'histoire même de la république islandaise. Vers 970, Thorkell Mani y fait adopter la véritable année solaire ; vers l'an 1000, le christianisme y est proclamé légalement religion de l'Etat. Nous dirons en détail dans ce travail même comment y furent décidées, en 1004, l'institution d'un nouveau tribunal supérieur, et, vers 1011, l'abolition du duel. La loi païenne y fut

développée, en 1094, par la première rédaction du
Vigslôdi ou code criminel, et en 1118 par la révi-
sion et la rédaction définitive de la législation tout
entière. La loi chrétienne enfin y fut confirmée, en
1016, par la défense d'exposer les enfants et de
manger de la chair de cheval, en 1096 par l'institution de la dîme, en 1123 par la rédaction du code ecclésiastique.

Les principaux membres de l'assemblée étaient à
la vérité les *godar* ou magistrats locaux, qui occu-
paient les quatre bancs intermédiaires autour de
l'enceinte carrée du lôgretta, et ces *godar* étaient les
héritiers des anciens chefs de l'émigration, qui
tenaient entre leurs mains la triple autorité militaire,
judiciaire et religieuse ; mais l'institution de l'Althing, en créant un pouvoir public, avait apporté des
limites à leur autorité, jusque-là exclusive et sans
partage. Ils n'étaient pas maîtres absolus dans le
lôgretta. Il est difficile de distinguer, soit d'après les
indications insuffisantes du Grágás, soit d'après les
sagas, quelle part les assesseurs, qu'ils étaient tenus
de choisir parmi leurs administrés, prenaient dans
les résolutions de l'assemblée ; mais il faut que ces
derniers aient acquis avec le temps, s'ils ne l'avaient
tout d'abord, une autorité importante, puisque nous
voyons plus tard, lors de l'institution d'un nouveau
et cinquième tribunal, réclamer contre leur inter-

vention au nom des seuls membres qui avaient le droit de siéger sur les bancs intermédiaires, c'est-à-dire des *godar*, chefs de l'oligarchie. D'ailleurs, l'intervention des hommes libres, c'est-à-dire de la nation même, paraît s'être toujours placée dans l'Althing à côté du pouvoir des membres mêmes de l'assemblée, titulaires ou assesseurs, à défaut desquels les simples citoyens pouvaient, ce semble, et devaient même en certains cas siéger : « Si les de-« mandes de privilèges individuels sont présentées « au lôgretta, dit le Grágás, avant l'arrivée ou après « le départ des membres, et que l'assistance compte « quatre douzaines de personnes au moins, le lôgsô-« gumadr peut faire occuper les bancs par les citoyens « présents jusqu'à ce que le nombre légal des mem-« bres du lôgretta soit atteint ; et quiconque, ainsi « désigné, refuse, encourt une amende. Les bancs « intermédiaires étant de là sorte remplis, le lôgsô-« gumadr prendra des témoins. Je vous prends comme « témoins, dira-t-il, que, de mon autorité, j'ai cons-« titué ces hommes pour siéger au lôgretta, avec le « droit de travailler aux lois et d'accorder les dis-« penses. Je vous atteste, par la formule légale, dans « l'intérêt de quiconque veut invoquer le droit. Cela « fait, les dispenses accordées de la sorte seront vali-« des au même titre que si les *godar* eux-mêmes « avaient été présents. » Bien plus, si une résolution du lôgretta blessait des intérêts ou des droits, il était loisible au premier venu, se croyant lésé, d'y opposer son veto, qui suspendait et annulait immédiatement toutes les opérations : « Au lôgretta, dit le « Grágás, sera regardée comme consentie et adoptée « toute proposition qui n'aura pas été combattue par « les juges légitimes, pourvu, toutefois, qu'elle ne « soit pas annulée par une opposition venue du « dehors. » Et nous verrons la saga de Nial confirmer et développer ce témoignage. Singulier trait de démocratie, qui rappelle les diètes polonaises, où un membre, s'il parvenait, après avoir couru dix fois le risque d'être tué sur la place, à déposer son veto arrêtait à lui seul la volonté de tout le reste de l'assemblée. Encore fallait-il, en Pologne, faire partie de la diète, qui ne s'ouvrait pas à tous les citoyens, tandis qu'en Islande le dernier des hommes libres avait le droit de se présenter à l'Althing avec cette part excessive d'autorité. Dans la pratique, il est vrai, au lôgretta islandais comme aux diètes polonaises, cette autorité de l'individu se trouvait limitée par la crainte que devait lui inspirer, s'il était seul de son avis, le courroux des autres ; mais le droit subsistait ; il attestait une ancienne et fière liberté, et, pour ce qui est des assemblées islandaises, il devait placer dans l'opinion publique et dans la volonté de la nation un contre-poids énergiques aux volontés

ou aux caprices de l'aristocratie. Qu'elle le tînt ou
non de la constitution et des lois, il paraît bien que
la nation islandaise revendiquait, de vive force au
besoin, le droit de se mêler aux délibérations de
l'assemblée générale ; les mille précautions du Grágás et les récits des sagas en offrent abondamment
les preuves, et c'était précisément contre les inter-
ruptions souvent tumultueuses de la foule que les
dispositions du sol volcanique de Tingvella avaient
paru favorables.

La république islandaise était donc primitivement
oligarchique, mais sans que les effets du sentiment
de liberté personnelle profondément inné chez les
peuples scandinaves s'y fussent effacés. C'était, sans
aucun doute, ce sentiment intime et vivace qui
avait, en même temps, empêché l'aristocratie islandaise de resserrer ses rangs pour opprimer la république, et protégé cette même aristocratie contre le
despotisme populaire. Jamais un pouvoir central
fortement organisé, au nom du peuple ou de l'assemblée, ne se put établir. Le lôgsôgumardr président et organe du lôgretta, en qui se résumait défini-
tivement ce qu'il y avait de gouvernement central,
était bien le représentant politique du pays ; mais ce
n'en était pas moins un fonctionnaire payé, électif, et
révocable à volonté. Il était nommé par les magistrats ses collègues, à la majorité des voix ; chaque

été, en rémunération de ses peines et de sa science,
il recevait, sur les revenus du lôgretta, formés principalement des produits d'un impôt spécial levé
pour l'Althing, deux cents aunes d'étoffe, plus la
moitié des amendes infligées pendant la session
après certains manquements. — Enfin ses collègues
pouvaient le remplacer subitement.

Une autre sorte d'assemblée était destinée à servir
d'organe au gouvernement central dans l'intérieur et
aux extrémités de l'île. Bien que le plus grand
nombre des hommes libres vinssent en effet à l'Althing,
cependant ils n'y venaient pas tous. A une époque
où l'écriture n'était pas dans l'usage commun, il
fallait aviser aux moyens de leur faire connaître la
loi ; ce fut l'objet d'une institution particulière, celle
du *leid*.

« Il nous faut, dit le Grágás [1], les réunions du leid.
« Que les *godar* d'un même district convoquent
« ensemble et tiennent cette assemblée dans le lieu
« où se tient d'ordinaire leur thing du printemps, à
« moins que le lôgretta ne les ait autorisés à la tenir
« ailleurs.

« Le leid ne doit pas être réuni plus tard que le
« dimanche ouvrant la huitième semaine avant la
« fin de l'été, ni plus tôt que la quinzième journée

---

1. *Pinkskapa-Páttr*, titre 5, page 122 de l'édition arnamagnéenne.

« après la fin de l'Althing [1]. La réunion ne durera
« pas moins d'un jour, du matin jusqu'au soir, ni
« plus de deux nuits.

« On proclamera dans cette assemblée : toutes les
« lois nouvelles ; la répartition de l'année ; si l'an-
« née est bissextile ; si des jours intercalaires
« doivent être ajoutés à l'été ; enfin si l'on doit se
« rendre au prochain Althing avant la fin de la
« dixième semaine d'été. »

On voit que le leid n'avait d'autre mission que de
compléter l'organisation du gouvernement central.
Il se réunissait dans chaque chef-lieu de district
immédiatement après la session de la grande assemblée. Les mêmes chefs ou *godar* qui avaient assisté
à celle-ci et qui avaient pris part à ses délibérations
proclamaient dans le leid, à leur retour, chacun en
présence de ceux de ses administrés qui n'avaient
pas fait le voyage de l'Althing, tout ce qu'on y avait
résolu, de telle sorte que personne ne conservât plus
de raisons légitimes pour prétexter l'ignorance de
la loi. Les formes extérieures du leid étaient d'ailleurs analogues à celles de la grande assemblée,
à laquelle il servait simplement d'interprète et
d'organe. On a quelquefois rangé le leid au nombre
des tribunaux islandais. Il est vrai qu'on y publiait

1. La session de l'Althing avait lieu, comme nous l'avons dit
page 38, pendant la seconde moitié du mois de juin.

avec les lois nouvelles, les sentences rendues par les tribunaux de l'Althing, mais c'était sans qu'on y pût rien changer ; on y faisait aussi des dénonciations légales, par exemple celles du créancier contre le débiteur et celles qui concernaient les cas de blessure ou d'injure grave ; mais c'était pour prendre date, en attendant le prochain Althing, et comme pour enregistrer à l'avance une plainte ; on n'y jugeait pas. Le leid était donc un rouage du système législatif, administratif et politique, plutôt que du système judiciaire. Son antiquité égale celle de l'Althing, car le Landnama Bok en mentionne l'institution dès le commencement du dixième siècle. Preuve nouvelle qu'un certain esprit d'ordre, que tempérait sans le détruire le goût de l'indépendance personnelle, avait fait faire tout d'abord, et sans beaucoup de tâtonnements au gouvernement central, chez les anciens Islandais, quelques progrès très-réels.

Nous avons dit que, dans les premiers temps du *landnam*, c'est-à-dire pendant l'époque de la colonisation primitive de l'Islande, l'établissement d'un temple accompagnait d'ordinaire l'institution d'un thing ou tribunal. Les vieux livres islandais ne mentionnent cependant pas précisément à côté de l'Althing un temple et des sacrifices, et le Grágás ne place pas à la main du lôgsôgumadr l'anneau d'argent

dont parlent les lois d'Ulfliot, mais il ne faut pas
tirer de ce silence une conclusion trop absolue ;
plusieurs témoignages permettent de penser que le
plus important tribunal de l'Islande n'avait pas
primitivement fait exception à une règle générale et
sacrée. Les cascades de l'Öxará avaient, sans aucun
doute, servi primitivement à l'accomplissement des
sacrifices. Pour tout archéologue du Nord, habitué
à rencontrer auprès des ruines de temples païens
une source, un fleuve, un lac ou une chute d'eau
pouvant servir à laver le sang des autels et à noyer
les victimes, cette conjecture ne paraît pas téméraire ;
bien plus, aux voyageurs modernes qui ont consulté
la tradition en vue des lieux mêmes il paraît probable
qu'un ancien temple païen a en effet existé sur
l'emplacement, et peut-être même sur les fondations
d'une petite église qu'on voit aujourd'hui dans la
plaine de Tingvella. Le silence du Grágá, sécrit dans
un temps chrétien et longtemps après la séparation
des deux pouvoirs, religieux et législatif, qui avait
précédé la révolution chrétienne, ne contredit pas de
telles origines. Du reste tout caractère religieux ne
manquait pas, même suivant le Grágás, aux réunions
de la grande assemblée nationale. Aux approches de
la session annuelle, une paix ou trêve solennelle
était proclamée, qui garantissait, sous les peines les
plus sévères, la sécurité des personnes et des biens

dans le lieu de l'Althing et dans le pays voisin. Cette paix interdisait à toute personne de porter des armes pendant la session, et la dissolution de l'assemblée permettait seule de les reprendre ; aussi le moment où on proclamait la dissolution s'appelait-il *vapnatak* ou la reprise des armes ; c'était trop souvent le signal des guerres privées que venaient d'enfanter les débats judiciaires. En Norvège on entourait le thing d'un cordon attaché à des branches de coudriers fichées en terre. Cette clôture sacrée ou *ve-bond* donnait en effet aux opérations du tribunal un caractère d'inviolabilité et de légalité qui cessait aussitôt le cordon rompu. En Islande la configuration naturelle du terrain qu'on avait choisi expliquait sans doute assez l'absence de cet usage, que la proclamation de la paix devait remplacer. Nous verrons d'ailleurs les formules de droit de l'Althing invoquer constamment l'autorité divine, et la justice rester étroitement voisine de la religion.

Nous avons dit les attributions, le caractère et la composition de l'assemblée ; nous avons même décrit le lieu de la scène ; essayons maintenant, en nous transportant par la pensée au milieu du dixième siècle, de reconstruire et de nous représenter la scène tout entière.

Quelques jours avant l'ouverture de la session,

au milieu de juin, quand l'absence complète de nuit
rend le voyage facile, des quatre provinces de l'île
arrivent vers la plaine de Tingvella les longues files
de petits chevaux islandais qui suivent à travers les
champs de lave la trace frayée pendant les années
précédentes, et qui portent les membres de l'assemblée, avec leurs bagages et leurs armes. On vient
surtout du sud et de l'ouest, où se rencontrent le
plus grand nombre d'habitations islandaises ; les uns
contournent le lac de Tingvella, les autres descen-
dent du plateau occidental dans l'Almannagia par
un étroit escalier, naturellement taillé dans le roc,
puis pénètrent dans la plaine. Le magistrat ou *godi*
qui préside au district reçoit chaque contingent ; sous
le nom de *Allsherjar-godi* ou magistrat de tout le
monde, il est chargé de la police de l'assemblée.
C'est lui qui a d'avance assigné aux citoyens de chaque circonscription une place pour leurs tentes et
un pacage dans les prairies ou les forêts voisines
pour leurs chevaux ; ces animaux resteront confiés,
pendant toute la session, à un homme désigné par
lui ; il faut, après les avoir dûment soignés, les
rendre morts ou vifs (c'est l'expression du Grágás,
qui prescrit minutieusement au gardien tous ses
devoirs.) Dès qu'ils ont mis pied à terre, les nouveaux venus commencent à construire les petites
habitations qui les doivent abriter pendant les deux

semaines que durera l'assemblée. Ce sont des
tentes, ou plutôt des cabanes, dont les assises et les
murs sont formés de larges dalles de lave au-
dessus desquelles deux ou trois traverses en bois
sont destinées à recevoir les toiles qu'on apporte
chaque fois à cet effet. Tout *godi* possède un ou
plusieurs de ces campements, où il doit recevoir
les hommes de son district. Il leur paye, à leur arrivée, en temps convenable, l'indemnité du voyage,
sauf à percevoir à son retour une amende de tous
ceux qui ne se sont pas rendus à l'assemblée. L'avantage d'un chef est de réunir le plus de clients autour
de lui ; là, comme ailleurs, c'est un signe de puissance
qui le fait respecter [1] ; c'est un secours qui l'aide à
être vainqueur dans les nombreuses querelles de
l'Althing. Mais une multitude de tentes plus petites,
aux extrémités et jusque dans les profondeurs de
l'Almannagia, donnent asile à des groupes séparés
et surtout aux artisans, charrons, forgerons, me-
nuisiers, armuriers, cordonniers et cuisiniers, dont

---

1. Lorsque, dans la *Laxdaela saga*, chapitre v, Unna aborde
en Islande, et qu'elle va trouver, avec une suite de vingt personnes, son frère Helgi, celui-ci vient à sa rencontre avec une
suite moitié moins nombreuse ; elle le reçoit donc avec dédain,
et déclare qu'elle ignorait que son frère se contentât d'une si
mince condition. Son autre frère Biorn vient vers elle avec un
cortège considérable et l'invite chez lui avec tous les siens,
connaissant sa fierté.

les services sont rendus nécessaires pour cette foule
réunie. On comprend bien, d'ailleurs, que la session
de l'Althing devient l'occasion d'un concours habituel et populaire. Non seulement tous les hommes
libres et non indigents doivent assister à l'assemblée nationale, et c'est un déshonneur que de ne s'y
pas rendre ; mais l'assistance est grossie d'un
grand nombre de personnes qui n'ont pas le droit
de prendre part aux délibérations, femmes, enfants,
esclaves, journaliers et indigents. Toute l'Islande
se rend en juin à Tingvella. C'est un marché
où l'on s'approvisionne jusqu'à la saison prochaine, une rencontre solennelle où se passent les
contrats, où se règlent les transactions, où se
concluent les mariages. Quiconque a des relations
à entretenir, quiconque tient à sa considération,
à sa clientèle, à son crédit, quiconque aspire à
la notoriété ou au renom, ne peut se dispenser de
venir à l'Althing. Les scaldes y racontent leurs sagas
ou y récitent leurs poëmes ; les lutteurs y montrent
leur force et leur adresse, et les spectateurs se mettent souvent de la partie. Le voyageur nouvellement
de retour y retrouve parents et amis, raconte ce qu'il
a vu en Norvège, aux îles Féroé ou plus au loin et
vend ses cargaisons. On proclame à l'Althing les
objets trouvés et perdus ; on y publie, pour s'en
faire honneur ou pour prendre garantie, les wehrgelds

consentis ou imposés ; les pêcheurs y font reconnaître la marque de leurs javelots, afin d'éviter toutes
les querelles sur le partage des prises..... C'est, en
un mot, dans une île d'une faible population et de
communications rares, un moyen de publicité et de
rapprochement mutuel. On y peut faire appel à l'opinion publique ; on y peut interroger le sentiment
général, et c'est aussi le plus souvent à Tingvella,
comme nous l'avons dit, que les destinées de l'Islande
se décident et s'accomplissent [1].

Telle est la physionomie extérieure de l'Althing.
Il serait bien difficile de restituer, d'après les
expressions souvent incomplètes et obscures du
Grágás, l'aspect de l'assemblée elle-même, et nous
en avons d'ailleurs donné plus haut quelques principaux traits. Il suffit d'avoir constaté que, soit par
le concours du peuple entier, soit par ses attributions étendues, le lôgretta, c'est-à-dire l'assemblée
législative de l'Althing, concentrait toute la vie politique de la république islandaise et créait une
sorte d'unité dans le gouvernement. Considérons
maintenant dans l'Althing l'assemblée judiciaire, les

1. La *Laxdaela saga* fait un tableau analogue d'une assemblée triennale présidée par le roi lui-même en Norvége à la
fin du xie siècle. Commerce, jeux, banquets, rencontre d'Islandais, de Norvégiens, de Danois et de Russes, rien n'y manque.
(Chapitre xii, p. 29 de l'édition arnamagnéenne.)

tribunaux. Cette autre étude nous montrera sous
un jour particulier le génie pratique des anciens
Scandinaves.

———

III

Nous venons d'examiner les fonctions législatives
de l'Althing, et nous avons vu que, dans la république islandaise, où le pouvoir central n'était pas
fortement organisé, cette assemblée, chargée de
faire et de modifier les lois, s'était trouvée en possession, par la force même des choses, de presque
toute la puissance politique. Le Grágás nous a four-
ni à lui seul les éléments de cet examen. Il nous a
montré l'Althing investi de tous les droits de la
nation assemblée, et son président, le lôgsôgumardr, remplissant les fonctions de premier magistrat de la république.

Mais nous avons dit que l'Althing comprenait
encore dans son sein les tribunaux les plus élevés
du pays, et qu'il réunissait ainsi, quoique soigneusement distingués l'un de l'autre, le pouvoir législatif et le pouvoir judiciaire.

Ce dernier avait naturellement une grande importance dans une civilisation qui se dépouillait de la
barbarie primitive, où l'idée de la protection supérieure de l'État commençait à prévaloir, et chez un
peuple à l'esprit processif et subtil. Le fond de
rudesse encore subsistante sur lequel se détachaient
ce besoin d'un ordre nouveau et ce formalisme inné
est un élément indispensable de notre enquête :
les sagas nous en ont conservé la peinture animée.

Les sagas sont des récits, le plus souvent biographiques, donnant l'histoire d'un homme ou d'une
famille, composés, en grande partie, d'après la tradition orale au lendemain du christianisme, dans la
langue islandaise ou norrène[1], c'est-à-dire dans le
même idiome qui, parlé pendant toute la période du
paganisme par les peuples scandinaves, servit de
bonne heure, à une époque difficile à fixer, aux
poésies de l'Edda, se modifia fort peu sans doute
depuis ces temps reculés jusqu'au xiie siècle, resta
dans l'usage de tout le Nord jusqu'à la fin du xive,
devint ensuite une langue savante, propre à la
traduction des poëmes et chansons de geste, alors
populaires en Europe, et se séquestra en Islande,
où les paysans mêmes le comprennent encore aujourd'hui.

1. La désignation de *langue norrène* ne s'introduit qu'à partir
du commencement du xiiie siècle.

Les sagas islandaises en particulier, écrites du xie au xive siècle, quelquefois assez peu de temps après les faits qu'elle racontent, se présentent à nous avec un caractère de véracité et d'authenticité souvent incontestable. L'Islande résumant dans la vie sociale et dans ses mœurs toute la civilisation de sa mère patrie, elles nous offrent elles-mêmes un résumé général des mœurs, des idées, des institutions de l'ancien paganisme scandinave.

Une des plus importantes est sans aucun doute la saga de Nial, curieuse peinture des mœurs, précieuse en même temps par l'exactitude d'une partie de ses détails et par la richesse de son récit[1]. L'espace qu'elle comprend s'étend entre les années 970 et 1017 ; l'introduction du christianisme vers l'an 1000, vient se placer de la sorte au milieu de la narration. Elle a été rédigée dans la seconde

1. Elle est désignée par les différents titres de *Niàls saga*, *Niàla*, *Brennu-Niàls saga*, c'est-à-dire de Nial le Brûlé, *Fliótshlidinga saga* et *Hlidveria saga*, ces deux derniers noms rappelant les parties de l'Islande où l'action s'est passée. — Il y a deux éditions du texte, l'une sous ce titre : *Sugan af Niàli Pórgeirssyni ok Sonum hans*, etc. Copenhague, 1772, in-4°, avec préface d'Ol. Olavius ; l'autre, imprimée à Videy (Videyar Klaustri), 1844, 427 p. in-8°, sans notes ni préface. — On en a une traduction latine par J. Johnsonius, sous ce titre : *Nials-Saga. Historia Niali et filiorum, latine reddita, cum adjecta chronologia variis textus islandici lectio-*

moitié du xi° siècle ou dans les premières années
du xii°, et probablement par le célèbre éditeur de
l'Eldda poétique, Saemund, né en 1056, mort en
1133.

Voici sur quels arguments s'appuient ces conjec-
tures : On a de la saga de Nial un assez grand
nombre de manuscrits, conservés pour la plupart à
la bibliothèque de l'université de Copenhague ; sept
sont sur parchemin ; le plus ancien date, au jugement des savants du nord, du xiii° siècle ; mais son
style, qui est celui d'une très ancienne prose islandaise, fait penser à quelques-uns que la saga aurait
été rédigée avant l'époque où ce manuscrit a été
exécuté ; ce style paraît être du même temps
que celui d'Are Frode, l'un des auteurs du Landnama Bok, né en 1068, mort en 1148. Des personnages
qui vivaient, suivant le Landnama Bok, à la fin du
xi° siècle, sont cités dans la saga de Nial comme
contemporains. Saemund Frode, Are Frode, l'évê-

nibus, earumque crisi, nec non glossario et indice rerum ac
locorum. Accessere specimina scripturæ codicum membraneorum
tabulis æneis incisa. Sumtibus P. Fr. Suhmi et legati Arna-
Magnæani. Havinæ, 1809 in-4°, avec un glossaire de Gudmund
Magnussen. — Une traduction danoise se trouve dans N. M.
Petersen, Historiske Fortaellinger om Islændernes faerd, t. III.
— Enfin M. Dasent en a publié une excellente traduction
anglaise. Edingurgh, 1862.

(M. Rodolphe Dareste en a donné une traduction française,
E. Leroux, 1896, note de l'éditeur).

que Ketil, écrivains fort connus de la fin du xɪᵉ et
du commencement du xɪɪᵉ siècle, y sont nommés ;
mais, bien que l'auteur se montre fort soigneux de
développer les généalogies, celle de la famille de
Saemund par exemple, il ne fait aucune mention de
Lopt ou Lot, ni de Jon Loptson, fils et petit-fils de
Saemund, et devenus, de leur vivant, plus célèbres
en Islande que Saemund lui-même. Toutes ces circonstances, jointes à celle-ci que Saemund Frode
vivait précisément dans la partie de l'Islande où se
sont passés les événements qui sont mentionnés dans
la saga [1], qu'il descendait de quelques-uns des héros
impliqués dans le récit, que cette œuvre trahit enfin
un écrivain fort instruit, pourraient rendre vrai-
semblable la conjecture émise par Pierre Érasme
Müller, dans sa Bibliothèque des sagas, que Saemund lui-même, a été cet écrivain.

Pour ce qui est de la véracité de la saga de Nial,

1. Après son retour de France et d'Allemagne, vers 1083, il
devient prêtre à Odde, dans le diocèse de Skalholt. — Voyez,
sur les traditions qui se rattachent au souvenir de ce personnage, les *Isländische Volkssagen der Gegenwart, vorwiegend
nach mündlicher Ueberlieferung gesammelt und verdeutscht* von
Dʳ Konrad Maurer, Professor des deutschen Rechts an der
Münchner Hochschule, Leipzig, 1860. — Cf. la recension de
cet intéressant ouvrage dans la *Revue des deux mondes* du
15 avril 1860. — V. aussi (aux pages 485 et suivantes) le premier volume du nouveau recueil de légendes et traditions
islandaises publié en islandais à Leipzig, en 1862, par M. Jón
Arnason, volume auquel M. Maurer a aussi donné ses soins.

elle se trouve confirmée par les témoignages de plusieurs autres livres islandais sur les mêmes événements, bien connus dans l'histoire du Nord, que l'auteur a consignés dans son récit. La saga est écrite, il est vrai, longtemps après les faits qu'elle raconte ; mais ces faits étaient de nature, par leur importance particulière, à vivre facilement et sans s'altérer dans les souvenirs. Il s'agissait en effet, comme nous le verrons plus au long tout à l'heure, d'abord d'un grave changement introduit par Nial lui-même dans la législation islandaise, puis de quelques-uns des plus fameux procès parmi ceux que les tribunaux de l'Islande eussent eu jamais à juger, de guerres privées, enfin, entre les familles les plus puissantes de l'île, et dont les descendants se trouvaient être les hommes les plus savants du pays. Les fragments en vers dont l'ouvrage est entrecoupé ont été composés par deux des héros de la saga, Gunnar et Skarphedin, qu'on connaît d'autre part pour avoir été en effet des scaldes renommés [1]. La narration d'une expédition en Irlande, dans les chapitres CLVI, CLVII et CLVIII, concorde bien avec l'histoire générale de ce pays. La bataille de Brian, en 1014, et la mort de Nial au milieu d'un incendie, sont des épisodes

---

1. Nial lui-même était poëte, nous le savons par le témoignage de la nouvelle Edda, qui cite quelques-uns de ses vers. (V. la préface à la traduction latine de la saga de Nial, page 9.)

mentionnés dans les annalistes de l'Islande et dans
la saga de Gunnlaug (chapitre xi). Enfin, beaucoup
des personnages de la saga de Nial figurent aussi
soit dans le Landnama Bok, soit dans l'Eyrbyggia, la
Laxdaela et la Liosvetninga saga.

Rédigée à la fin du xie siècle, et donnant un récit
qui se rapporte à la fin du xe et au commencement
du xie, la saga de Nial est donc plus ancienne
qu'une bonne partie du Grágás. Là où les deux monuments sont d'accord, nous avons évidemment, par
cet accord même, un témoignage assuré des premiers
temps ; là où ils diffèrent, c'est la version de la saga
qui nous révèle l'état le plus ancien, tandis que le
Grágás, consigne les modifications et les altérations
ultérieures.

Son principal intérêt est de reproduire, jusque
dans le dernier détail, les épisodes et les formules
judiciaires d'un temps si reculé. Elle est généralement
pour les récits de cette nature, dans un si parfait
accord avec le Grágás, que certaines formules sont,
dans l'un et l'autre ouvrage, absolument les mêmes.
Les deux monuments se contrôlent et se complètent
ainsi naturellement, le Grágás nous donnant le texte
abrégé, quelquefois sec et peu clair, des prescriptions, des formalités et des lois dont la saga nous
présente, en action, et dans leur application pratique, le vivant commentaire ; la saga nous aidant en

5.

particulier à distinguer les parties du Grágás qui remontent au moins au xe siècle, et qui contiennent le droit contemporain des lois d'Ulfiot, l'ancien droit payen des Islandais scandinaves.

C'est donc à la saga de Nial que nous devrons d'abord demander les principaux traits des mœurs encore barbares que les diverses lois contenues dans le Grágás seront appelées à règlementer.

La saga de Nial est un ouvrage étendu : elle contient dans le texte et dans l'édition islandaise 160 chapitres et 282 pages d'un petit format in-quarto. Nous donnerons ici une analyse des principaux épisodes se rapportant à notre sujet. On s'attend bien à ne rencontrer chez les anciens conteurs islandais que peu d'habileté de composition. Ces chroniques de famille s'asservissent à l'ordre généalogique, de sorte que le rédacteur, lorsqu'il vient à nommer un de ses héros, se croit obligé d'énumérer ses aïeux, de dire les actions de son père, puis celles du père de son père, de manière à compliquer de mille sèches digressions la trame de son récit. Ce n'est pas que l'imagination fasse défaut ; elle y a seulement un tour différent de celui qui nous est habituel : pas de descriptions de nature, nulle généralité de sentimens et d'idées, une suite indéfinie de traits individuels bien saisis, non pas uniquement à la surface, mais dans le vif et quelquefois tout près du cœur, du reste une

ignorance complète de la rhétorique ; des vues péné-
trantes, souvent une plaisanterie spontanée, froide,
courte, mais acérée et laissant sa marque. Le lecteur
attentif retrouve ici le *humour* anglais, et certaines
pages font penser à Shakspeare. Pour qui a la
patience de suivre attentivement le narrateur à travers
ses méandres, l'observation morale est constante,
pas un caractère ne se dément. Il est vrai que cette
observation morale n'est pas mise en relief par
quelque procédé d'artiste ; elle ressort de l'action
même et çà et là de quelques scènes tracées avec un
sentiment profond mais peut-être inconscient.

La narration commence par deux épisodes qui
sont à vrai dire l'introduction de la saga, l'exposition
du drame dont les scènes se développeront plus
tard. Les deux premiers mariages d'Halgerda et la
sinistre issue de ces unions nous font connaître tout
de suite la décevante figure et nous font pressentir
le fatal prestige de l'héroïne dont le troisième mariage
engagera des rivalités, des haines, des procès, de
tragiques désastres, matière du récit principal.

— Il y avait un homme qui s'appelait Hauskuld et
qui habitait à Hauskuldstad dans le Laxardal. Son
frère Hrut habitait à Ruthstad dans la même vallée.
Il arriva qu'un jour Hauskuld réunissait des amis à
une fête, et son frère était assis auprès de lui.
Hauskuld avait une petite fille nommée Halgerda qui

pendant ce temps, jouait sur le plancher avec d'autres enfans. Elle était déjà belle, et ses cheveux, doux comme la soie, étaient si longs qu'ils tombaient plus bas que sa taille. Hauskuld l'appela et dit à Hrut : « Que te semble de cette enfant ? N'est-elle pas belle ? » Hrut ne répondit pas. Hauskuld répéta sa question ; Hrut dit alors : « Oui certes, elle est belle, d'une beauté qui sera funeste à plus d'un. Je ne sais d'où ces yeux perfides se sont glissés dans notre famille. » Cette réponse mécontenta Hauskuld, et pendant quelque temps il y eut du froid entre son frère et lui.

Halgerda crût en âge ; elle devint une très belle jeune fille de haute taille mais elle était âpre et dure de cœur. Son père nourricier s'appelait Thiostolf. Issu d'une famille des îles du sud, il était fort habile à manier les armes ; il avait tué plusieurs hommes sans payer d'amende pour aucun ; on croyait qu'il n'avait pas contribué à modérer l'humeur d'Halgerda.

Il y avait un homme appelé Thorvald, fils d'Osvif ; il possédait les îles des Ours, dans le Bredefiord ; il en tirait du grain et une bonne pêche. Thorvald était brave et généreux, mais prompt et brusque. Un jour il parlait de mariage avec son père et rejetait tous les partis d'alentour : « Songerais-tu, lui dit Osvif, à la fille d'Hauskuld, Halgerda ? — Oui, je

yeux la demander. — Ce mariage ne convient ni
pour elle ni pour toi : elle est volontaire, tu es opi-
niâtre et inflexible. — J'en veux faire l'épreuve cependant : il ne servirait à rien de vouloir m'en empê-
cher. — Qu'à cela ne tienne ! le risque est pour toi
seul. » ils partirent bientôt pour aller faire la demande. Arrivés à Hauskuldstad, ils furent bien reçus ;
mais Hauskuld leur répondit : « Je veux agir loyale-
ment avec vous. Ma fille est d'humeur peu traitable ;
pour ce qui est de sa beauté, vous pouvez en juger
vous-mêmes. » Thorvald répondit : « Fixez les conditions ; son humeur ne me fera pas changer d'avis. »
Alors ils firent leurs conditions sans qu'on eût consulté Halgerda, car son père avait hâte de la voir mariée. Quand elle apprit ce qui avait été conclu : « Tu
ne m'as jamais aimée, dit-elle à son père ; je ne
trouve pas cette alliance à la hauteur de ce que tu
m'avais promis. » Et en tout elle témoigna qu'elle se
tiendrait pour mal mariée. « Je ne souffrirai pas, répondit son père, que ton orgueil fasse obstacle à mes
desseins ; et, si nous ne pouvons tomber d'accord,
ma volonté s'accomplira, non la tienne. » Elle alla
trouver son père nourricier, lui raconta ce qui était
résolu et qu'elle en était désespérée ; Thiostolf lui
répondit : « Prends courage, tu seras mariée une
seconde fois, et alors on te demandera ton avis. » Il
n'y eut pas un mot de plus entre eux ; Hauskuld par-

tit pour aller faire ses invitations à la fête des noces.
Ce jour venu, Halgerda s'assit à la place d'honneur,
et se montra comme une joyeuse fiancée ; mais
Thiostolf lui parlait sans cesse d'une façon qui paraissait étrange aux assistans. La fête s'acheva. Hauskuld
ne fit pas attendre le paiement de la dot de sa fille ;
il dit à Hrut, son frère : « Ne ferai-je point quelques
présens en plus ? » Hrut lui répondit : « Non, cela
suffit maintenant ; le jour pourra venir où tu auras
encore à payer au sujet d'Halgerda. »

Thorvald partit après la noce pour retourner chez
lui avec sa jeune femme ; le soir, Halgerda s'assit
auprès de lui, mais elle fit placer Thiostolf de l'autre
côté près d'elle. Thiostolf et Thorvald échangèrent
peu de paroles ensemble cet hiver là.

Halgerda était à la fois prodigue et âpre : il lui fallait tout ce qu'elle voyait aux autres dans le voisinage,
et tout ce qu'elle avait entre ses mains, elle le gas-
pillait. Aussi, quant vint le printemps, les provisions
manquèrent. Halgerda vint à Thorvald et lui dit : « Il
ne s'agit pas de rester ainsi tranquille dans ta maison car voici que la farine et le poisson sec font défaut. — Je n'ai pas, répondit Thorvald, fait la provision moindre cette année, et elle a toujours suffi
jusqu'à l'été. — Qu'y puis-je faire, reprit-elle, si
vous viviez, ton père et toi, comme deux ladres ? »
Thorvald irrité la frappa rudement au visage, puis

il appela ses hommes, et ils s'en allèrent aux îles chercher du poisson sec et de la farine. Pendant ce temps Halgerda s'assit devant sa porte ; elle paraissait fort abattue. Quand vint Thiostolf, il remarqua les traces que portait son visage : « Qui t'a fait ce mauvais coup ? dit-il. — Mon mari, et tu n'étais pas là pour me secourir ; peut-être d'ailleurs n'as-tu nul souci de moi ! — Je ne savais rien de cela, reprit-il, mais je vais te venger. » Il courut aussitôt au rivage et prit un bateau à six rames. Il avait en main sa grande hache à poignée de fer. Arrivé aux îles, il y trouva Thorvald occupé à charger les provisions que ses gens lui apportaient ; il sauta dans son bateau, mit la main avec lui au travail et, après un moment : « Tu ne vas ni vite ni bien à la besogne, dit-il. — Crois-tu faire mieux ? dit Thorvald. — Il y a du moins une chose que je ferai mieux. Mal mariée est la femme que tu as prise, et il est temps que je vous sépare. » En entendant ces mots, Thorvald saisit un couteau de pêche ; mais Thiostolf avait levé sa hache qui, en retombant, déchira le bras et fit tomber l'arme. D'un second coup de hache, il frappa la tête de Thorvald, qui expira. Tout aussitôt Thiostolf se pencha hors du bateau, en défonça deux planches, et sauta sur sa barque. Au moment où les hommes de Thorvald arrivaient, la sombre mer avait englouti l'esquif et le cadavre ; ils comprirent bien ce qui s'était passé, mais Thiostolf s'éloignait à force de rames sous leurs malédictions. Quand il revint en brandissant sa hache, Halgerda était assise au dehors : « Ton arme est sanglante, dit-elle ; qu'as-tu fait ? — J'ai fait de telle sorte que tu seras mariée une seconde fois. — Veux-tu dire que Thorvald est mort ? — Oui, et maintenant songe à ma sûreté. — J'y songe. Va-t'en vers le Biornsfiord, chez mon parent Svan. Il te recevra à bras ouverts, et il est assez puissant pour que personne n'aille te chercher là. »

Tel est le premier mariage d'Halgerda ; le second commence en de tout autres circonstances pour finir de même ou plus tragiquement encore. Elle est recherchée de nouveau pour sa beauté et malgré de fâcheux pressentimens. Elle paraît à la réunion de famille, et la saga décrit avec soin son costume : manteau bleu, jupe rouge, ceinture aux boucles d'argent et longs cheveux épars ; elle s'engage cette fois de son plein gré, elle aime, et les premiers temps de son mariage sont heureux : la naissance d'une fille en est le gage. Pourtant le père nourricier Thiostolf, d'abord éloigné, reparaît ; elle obtient qu'on l'admette, sauf à lui ordonner, il est vrai, de se tenir d'abord à l'écart. Ce n'en est pas moins à son sujet que s'engagent bientôt entre les deux époux maintes disputes, dans une desquelles Halgerda reçoit de son second mari un outrage. — Il la frappa au visage, dit la saga ; Halgerda l'aimait, elle resta désespérée et toute en pleurs. Thiostolf se présenta : « Ne me venge pas, dit-elle, ne te mêle pas de nos affaires ! » Lui s'en alla grinçant de dépit. — On prévoit ce qui doit arriver ; un jour que Thiostolf et le mari d'Halgerda sont ensemble dans la montagne à la recherche du bétail égaré, ils se querellent, et le père nourricier commet un nouveau meurtre. Cela fait, il retourne vers Halgerda : « Je ne sais ce que tu en penseras, dit-il, je l'ai tué. — C'est toi qui as fait le coup ? — C'est moi ». Elle sourit amèrement et dit : « Certes tu n'es pas le dernier au jeu ! — Maintenant, demanda-t-il, quel est le plus sûr parti pour moi ? — C'est d'aller chez Hrut, le frère de mon père : il saura te recevoir. — Je ne sais trop si l'avis est bon, mais n'importe, je suivrai ton conseil. » Il monta aussitôt à cheval, et arriva cette nuit même chez Hrut, qui le tua... Le frère du mort vint ensuite demander à Hauskuld de lui payer une somme pour ce meurtre ; Hauskuld lui fit des présens, et ils se séparèrent bons amis.

Assurément voilà de rudes peintures, auxquelles ne manquent parfois ni la vigueur du trait, ni l'énergie de l'expression. Nous sommes en présence de mœurs violentes, qui comptent pour peu la vie humaine. La femme que l'auteur de la chronique met en scène, la femme dont la beauté fascine et tue, offre un type vraiment barbare, une physionomie sinistre, que tempère toutefois ce qu'on devine, dans le second récit, de sa propre douleur ; on prévoit les malheurs qui vont se multiplier autour d'elle, et cela sans que le narrateur nous l'ait représentée, selon le modèle antique, comme victime d'une fatalité extérieure. Est-ce pourtant une barbarie obscure et irrémédiable, celle où nous voyons le mariage institué fortement, et la femme en possession d'une influence que ses talens ou ses passions peuvent tantôt exagérer et tantôt faire légitimement valoir ? Sans doute la coutume de la composition ou du wehrgeld, dont ces premiers épisodes nous montrent déjà le fréquent usage, est la marque d'un état social très imparfait, puisqu'il n'imprime à la peine aucun caractère moral. Il faut noter cependant que par ce trait la société islandaise se rattache à tout un âge de la civilisation germanique, pour laquelle le wehrgeld a été une étape vers un progrès meilleur, et une première tentative, quoique informe et grossière, pour obtenir un ordre quelconque et un commencement de loi. Il y a ici d'ailleurs autre chose que le dédommagement du tort causé par ce meurtre ; la loi intervient en beaucoup de cas pour exercer une véritable répression au nom de la justice offensée : il y a des tribunaux pour punir. Ces tribunaux, il est vrai, ont bien quelque peine à faire accepter leur juridiction, à laquelle les coupables tentent d'échapper, souvent avec succès, par la ruse ou par de nouvelles violences ; mais ils subsistent comme une représentation de l'intérêt commun, qu'ils seront chaque jour plus aptes à défendre, parce qu'ils s'appuient, comme on peut s'en convaincre si on en étudie la procédure, sur quelques-unes des principales règles du droit, bien comprises et heureusement appliquées. La saga de Nial en offrira beaucoup de témoignages dans la suite de ses récits et au milieu des complications de de toute sorte que va enfanter la troisième union d'Halgerda.

Gunnar, fils d'Amund, habitait à Hlidarenda, vers la côte sud-ouest de l'Islande. Gunnar était grand et fort, très habile aux exercices de corps et des armes : hardi viking, il savait frapper de l'épée et jeter le javelot aussi bien de la main gauche que de la main droite. Lorsqu'il lançait un glaive en l'air pour le recevoir et le lancer encore, c'était avec une rapidité telle qu'il semblait qu'il y en eût toujours trois ensemble au-dessus de sa tête. Excellent archer, il ne manquait jamais le but. Tout armé, il sautait plus haut que sa hauteur, aussi loin en arrière qu'en avant. Il nageait comme un chien de mer et n'avait de rival à aucun jeu ; physionomie agréable, d'ail-

leurs, nez fort, œil bleu et vif, joues colorées, chevelure épaisse et bien tombante. Il était instruit, actif,
doux et patient, fidèle à ses amis, attentif à les
choisir; il jouissait avec cela d'une fortune considérable.

Non loin de là, à Bergthorshvol, habitait Nial, fils
de Thorgeir, fils de Thorolf. Il était riche et beau de
visage, mais sans barbe. Comme habile juriste, il
il n'avait pas son pareil. Avisé et perspicace, d'utile
conseil et prompt à obliger, quiconque le consultait
dans l'embarras trouvait en lui un sauveur. Sa
femme, Bergthora, était courageuse et honnête.

Nial et Gunnar s'étaient unis d'une étroite amitié.

Un jour on vit s'approcher de la côte un navire
venant du *Vik*. On appelait ainsi le magnifique golfe
où se trouve aujourd'hui Gothenbourg, et c'était de
là que sortaient les principaux pirates ou Vikings.
Halvard le Blanc, qui montait ce navire, passa l'hiver chez Gunnar et le pressa de se joindre à lui pour
quelque riche expédition. Nial appuya ce conseil :
« Partout où tu paraîtras, dit-il à son ami, on te
« reconnaîtra pour un homme d'honneur. — Veux-
« tu, répondit Gunnar, prendre soin de mes biens
« pendant mon absence ? — Très volontiers. — Eh
« bien donc, adieu ! » Et Gunnar partit en effet
avec Halvard, dans l'espoir d'augmenter sa fortune

Ils visitèrent en pillant les côtes de la Norvège

celles du Danemark et de toute la Baltique. Puis Gunnar revint chargé de butin et de gloire.

Chacun l'accueillit avec joie, Nial surtout, qu'il alla visiter d'abord. Au long récit de son voyage, Nial lui répondit « Tu as acquis beaucoup d'expérience assurément, mais il t'en faut pour l'avenir davantage encore, parce que tu auras beaucoup d'envieux. — Mais, répondit Gunnar, j'entretiendrai bonne amitié avec tout le monde. — Cela ne sera pas toujours possible, et il faudra quelquefois se mettre sur la défensive. — J'aurai du moins la consolation d'avoir une bonne cause. — Oui, si tu ne dois pas payer pour les fautes des autres. »

Avant de quitter Nial, Gunnar lui fit des présents et le remercia d'avoir administré ses biens ; puis comme on l'engageait à aller à l'Althing, où sa renommée accrue ferait céder l'orgueil de beaucoup de gens : « Ce n'est pas ce que je cherche, dit-il, mais j'y rencontrerai avec plaisir des hommes que j'estime.

Gunnar et les siens parurent à l'Althing en un si bel équipage, qu'on vint de toute part les admirer ; on les interrogea sur tout ce qu'ils avaient vu pendant leur voyage. Gunnar, répondait, amicalement à tous et racontait ce que chacun désirait entendre.

Un jour que Gunnar sortait avec les siens de l'assemblée publique, il vit venir à lui une femme bien vêtue, qui le salua. Il s'arrêta et demanda qui elle était. « Je m'appelle Halgerda, répondit-elle, et je suis fille d'Hauskuld. » Et elle ajouta qu'elle entendrait volontiers le récit de ses récents voyages en Norvège et en Danemark ; lui de son côté protesta qu'il ne refuserait pas une conversation avec elle ; ils s'assirent donc, et ils s'entretinrent longtemps ensemble. Enfin il lui demanda, ignorant de ce qui s'était passé dans l'île pendant sa longue absence, si elle était mariée ; elle répondit que non, mais que peu d'hommes oseraient briguer sa main. « N'y a-t-il donc personne d'assez bon pour toi ? — Ce n'est pas cela, mais je suis difficile. — Que dirais-tu si j'osais te demander ? — Tu n'y songes pas. — Si vraiment. — En ce cas, va trouver mon père. » Gunnar se rendit aussitôt vers Hauskuld, qui, avec Hrut son frère, lui fit bon accueil. « J'y consens, répondit le père, si ta parole est sérieuse. » Cependant Hrut dit : « La partie ne me semble pas égale, et je parlerai sincèrement. Tu es brave et généreux, Gunnar, et le caractère d'Halgerda a ses mauvais côtés, nous ne voulons pas que tu sois trompé en rien. — C'est noblement dit à toi, répondit Gunnar ; je regarderai toutefois comme une marque de peu d'amitié de votre part que vous ne me fassiez pas entendre vos conditions. J'ai parlé avec Halgerda, elle agrée ma demande. » Hrut dit : « Si tous deux vous souhaitez cette union, vous deux aussi en courrez les risques. » Hrut expliqua alors à Gunnar le caractère d'Halgerda ; il vit que tout n'était pas bien, à la vérité, mais finalement on conclut l'affaire : Halgerda vint, et s'engagea elle-même.

De retour auprès de Nial, Gunnar lui annonça son mariage. Celui-ci en devint tout soucieux. » Elle apportera ici beaucoup de mal, dit-il. — Jamais du moins elle ne détruira notre amitié. — Il s'en faudra de peu. » — Chaque hiver, Gunnar et Nial se visitaient tour à tour. Cette fois c'était à Gunnar de profiter de l'hospitalité de son ami. Il alla donc avec sa femme à Bergthorshvol. Un jour Berthora, tenant par la main une de ses brus, la conduisit vers Halgerda, qui était assise au banc des femmes. « Il faut une place pour celle-ci, dit-elle. — Impossible, répondit Halgerda, je ne veux pas être reléguée dans le coin. — N'est-ce pas moi qui suis la maîtresse ! » dit alors Bergthora, et elle fit asseoir sa belle-fille. Quelques momens après, Bergthora, s'étant approchée avec l'eau pour les mains, Halgerda lui saisit le bras et dit : « Vous vous convenez fort bien mutuellement, Nial et toi : à chaque ongle tu as un nœud, et lui n'a pas de barbe. — C'est possible, répondit Bergthora, mais nous ne nous querellons pas pour si peu ; le premier de tes trois maris avait de la barbe et cependant tu l'as fait.

tuer. » Halgerda dit en entendant ces paroles : « Il me servira peu d'avoir épousé le plus courageux des Islandais si tu ne venges ceci, ô Gunnar ! » Gunnar à ces mots quitta la table, et l'entraînant au dehors : Partons, dit-il ; mieux valait rester à la maison et ne pas venir chez nos amis. Je dois beaucoup à Nial, et ne serai pas ton marteau. » Halgerda en sortant dit à Bergthora : « Souviens-toi que nous ne serons pas quittes de la sorte ! » A quoi Bergthora répondit que son ennemie tirerait de là peu d'avantage.

Nial et Gunnar possédaient ensemble une forêt qu'à cause de leur bonne entente ils laissaient indivise. Chacun des deux amis y coupait selon ses besoins sans même en prévenir l'autre. Halgerda, apprenant un jour qu'un des serviteurs de Nial, nommé Svart, y faisait du bois comme de coutume, appela son intendant Kol, qui était depuis longtemps à son service et qu'on redoutait. Elle lui dit en lui présentant une hache : « Je t'ai préparé du travail : va t'en au bois, tu y trouveras Svart. — Que lui dirai-je ? — Tu le demandes ? un meurtrier comme toi ! tu le tueras. — Je le ferai, mais je le paierai de ma vie. — As-tu peur ? Ne t'ai-je pas toujours protégé ? J'en emploierai un autre, si tu ne l'oses pas. » Kol prit sa hache, monta sur un des chevaux de Gunnar, et se rendit au bois. Là il mit pied à terre, attacha son cheval et attendit que Svart fût près de lui. Tout à coup, levant sa hache : « Il y en a d'autres que toi, s'écria-t-il, pour bien abattre ! » et il le tua. Aussitôt que Gunnar eut appris ce meurtre, il s'en alla vers Nial : « Nous aurons souvent besoin, dit celui-ci, de nous rappeler notre amitié. » Gunnar paya pour composition la somme fixée par Nial, et ils pensèrent que cette affaire était terminée.

On pense bien que Bergthora ne voulut pas être en reste ; ainsi plusieurs actes sanglans se succédèrent ; des deux femmes, l'esprit de vengeance se communiquait à leurs parens et à leurs serviteurs, et, comme dans les villes italiennes du moyen âge, mais sur une scène plus sombre et plus étroite, les violences échangées entre les deux familles répandaient la terreur. Nial et Gunnar seuls, pendant que tout s'agitait autour d'eux et qu'eux-mêmes étaient obligés de prendre une part dans les entreprises et les passions des leurs, ne laissaient pourtant pas s'ébranler leur amitié. Après chaque meurtre, ils conféraient ensemble et s'acquittaient équitablement l'un envers l'autre, au nom de leur parenté ou de leur clientèle, des wehrgelds fixés par la loi[1]. C'était

---

1. Sur l'importance dans les mœurs et la législation islandaises des wehrgelds ou amendes pour les meurtres selon la qualité des victimes, v. l'appendice.

cette amitié si constante, supérieure aux haines privées, qui augmentait la colère et le dépit d'Halgerda ;
elle avait aimé Gunnar, mais sa jalousie l'emportait,
et son amour allait se changer en haine, s'il ne
se livrait pas entièrement à elle. Le déclin de cet
amour, puis l'éclat de cette haine, sont clairement
tracés dans le récit de la saga pour ceux qui s'atta-
chent à en suivre patiemment les détours.

Pour arriver à ses fins et répandre la discorde,
pour perdre Gunnar lui-même avec Nial s'il le faut,
Halgerda fait appeler pour habiter auprès d'elle un
des siens, d'assez mauvais renom. « Il n'àpppporte-
ra rien de bon chez nous, dit Gunnar, toujours patient et doux, malgré ses prévisions fâcheuses ; mais
enfin je ne chasserai pas de mon foyer un parent de
ma femme : il est mon parent. » Bientôt fasciné, le
nouvel hôte devient le plus actif instrument de la
guerre entre les deux maisons : non-seulement il
ourdit les complots, mais, scalde habile et renommé,
il provoque et insulte par ses strophes moqueuses,
qui courent le pays, les chefs ennemis et leur Nial,
le héros sans barbe, « dont il fumera le menton ! »
En vain Nial ordonne-t-il à ses fils de mépriser ces
grossières injures. Un soir, quand il était déjà cou-
ché, il les entend détacher leurs armes et seller
leurs chevaux. « Où allez-vous ? leur dit-il. — Père
répond l'aîné, nous allons rassembler les trou-

peaux ! — Est-ce pour cela que vous prenez vos armes ? Où allez-vous ? leur dit-il. — Père répond le plus jeune, nous allons pêcher le saumon ! — Eh bien donc ! reprend Nial, qui comprend et cède, prenez bien garde que la proie ne vous échappe. » Elle ne leur échappe pas ; l'adversaire succombe, non pas assassiné, mais vaincu dans un loyal combat, et sa tête coupée est remise à un berger d'Halgerda pour qu'il la porte à sa maîtresse. Quand Halgerda furieuse veut qu'un procès soit intenté aux fils de Nial, Gunnar s'y refuse, et dès ce jour Halgerda jure sa mort. Il ne tarde pas en effet à se voir entraîné non-seulement à la maltraiter en essayant de réprimer son humeur vindicative, mais encore, provoqué par les amis des fils de Nial, à commettre, pour sa défense des meurtres pour lesquels ses adversaires, ayant à leur tête un chef nommé Gissur le blanc n'acceptent pas l'accommodement du wehrgeld ; de sorte que son frère Kolskeg et lui, compromis en semble, sont condamnés à quitter le pays pour trois ans, sous peine, s'ils n'obéissent pas, d'être tués légalement par les parens de leurs victimes.

Ici vient une des plus belles pages de la saga ; nous la traduisons scrupuleusement, d'après l'ancien texte islandais, que les versions latine et danoise n'interprètent qu'imparfaitement et non sans erreurs.

Gunnar fit ses préparatifs d'exil. Son frère devait

l'accompagner. Déjà le navire était équipé et on y avait transporté les bagages, quand Gunnar alla visiter, pour leur faire ses adieux, ses amis de Bergthorshvol. Il prit ensuite congé de tous les siens, qui reçurent ses paroles avec douleur. Puis, appuyant sa longue hache [1] contre terre, il monta en selle et partit avec Kolskeg. A quelque distance, son cheval fit un faux pas ; Gunnar sauta à terre, et il lui arriva de rencontrer du regard la vallée et la ferme de Hlidarenda ; et il dit : « Cette « vallée est belle, je ne l'ai jamais vue si belle ; les « grains sont mûrs, les prairies sont fauchées. Je retourne à Hlidarenda ; je ne partirai pas ! » Le texte est facile à comprendre, et on admirera sa simplicité : *Fogr er hlidin sva at mer hefir hon alldri iafnfogr synz. bleikir akrar. en slengin tun. ok man ek rida heim aptr. ok fara hvergi.* Kolskeg lui répondit : « Ne donne pas à tes ennemis cette joie « de te voir rompre sitôt l'accord ; rappelle-toi les « conseils de Nial. — Je ne partirai pas, répéta « Gunnar, et je souhaiterais que tu fisses de même. « *Hvergi man ek fara. Ok sva villda ek at pu gerdir.* « — Non, reprit Kolskeg ; je ne violerai pas ma « parole, pas plus dans cette occasion que dans « toute autre ; tu feras mes adieux à mes parents et à

---

1. Atgeirr, *bipennis, hastæ genus prælongæ*, disent les lexiques.

« ma mère, car je ne reverrai plus l'Islande ; puisque
« tu vas mourir je n'y reviendrai pas. » Ils se séparèrent. Kolskeg mit à la voile ; Gunnar retourna vers
Hlidarenda. — Sa mère vit ce retour avec douleur ;
mais Halgerda, sa femme, avec une perfide joie.

La peinture n'est-elle pas achevée ? Le drame
n'est-il pas complet, avec chacun des personnages
intéressants dans son rôle : Gunnar, retenu par les
liens aimés, et insouciant du péril ; son frère,
résigné tristement à un perpétuel exil ; la mère,
avec sa douleur inquiète ; et la mauvaise épouse,
avec son humeur vindicative ?

A l'Althing suivant, Gissur le Blanc réunit tous
les ennemis de Gunnar, et quarante d'entre eux se
liguèrent pour lui donner la mort. Ils apprirent, au
commencement de l'automne, que Gunnar serait
seul à Hlidarenda, tous ses gens devant aller dans
les îles pour achever la moisson. Aussitôt ils se ras-
semblèrent ; Gissur le Blanc était à leur tête. Arrivés
à Hlidarenda, ils commencèrent par tuer, non sans
peine, le chien de Gunnar. Éveillé par les hurle-
ments, celui-ci reconnu aussitôt le danger : « On te
« traite durement, mon pauvre Sam, dit-il, et il y aura
« pour la fin, peu de différence entre nous deux ! »
« La maison qu'habitait Gunnar était construite en
bois avec un toit goudronné. Il dormait sous cet
abri avec sa femme et sa mère Ranveig. Comme les

6.

meurtriers n'étaient pas encore assurés qu'il y fût,
Thorgrim se glissa vers la maison ; mais Gunnar,
apercevant un manteau rouge qui s'approchait de
la fenêtre, plongea son épée par l'ouverture et la lui
passa au travers du corps. Les autres voulurent le
venger. Gunnar les tient à distance par ses flèches
mortelles, et trois fois ils durent se retirer. Ils
s'élancèrent alors sur le toit et le mirent en pièces.
Malgré les efforts de Gunnar, un des assaillants
sauta dans sa chambre et lui rompit la corde de son
arc. Gunnar avait déjà blessé huit hommes et il en
avait tué deux ; il reçut en ce moment deux blessures, mais son ardeur n'en paraissait que plus
redoutable : « Femme, s'écria-t-il en s'adressant à
« Halgerda, pendant qu'il se défendait avec son épée,
« coupe une tresse de tes cheveux ; et toi, ma mère,
« fais-en vite une corde pour mon arc[1] ! — En as-tu
« bien besoin ? demanda froidement Halgerda.
« — Ma vie en dépend ; tant que j'aurai mon arc,
« ils ne pourront rien contre moi. — Je te ferai donc
« souvenir du soufflet que tu me donnas naguère,
« reprit-elle ; va, peu m'importe que tu puisses ou
« non te défendre ! — Chacun se rend illustre à sa
« manière, répondit Gunnar ; je ne te prierai pas
« longtemps. » — Ranveig dit : « Vous vous conduisez
« mal, ma fille, et l'on parlera longtemps de votre

1. Page 116 du texte Islandais de la saga.

« déshonneur. » — Un vieux chant des îles Féroé ajoute : « Elle pleure, la vieille mère, et dit : Aide-« toi, mon fils, avec mes cheveux blancs. » Gunnar répond : « Non, non ma mère, les héros ne me blâme-« raient-ils pas d'avoir coupé vos cheveux blancs [1] ? » Gunnar continua de se bien défendre, et blessa encore huit hommes, la plupart mortellement, il succomba enfin, épuisé de fatigue et couvert de blessures. Sa courageuse résistance servit de sujet aux scaldes Thorkel et Thormod Olafsen.

Gissur lui-même dit : « Nous avons livré un « grand combat, qui nous a coûté beaucoup de « peine, et le souvenir de la défense vivra tant que « ce pays aura des habitants. » Geir le Bon allait se vantant d'avoir donné à Gunnar le coup mortel, et Thorgeir Starkadsen se glorifiait de lui avoir porté la seconde blessure. Cependant chacun dans le pays maudissait les meurtriers et pleurait le noble Gunnar.

---

1. Voy. dans la collection in-12 des *Nordiske Oldskrifter*, publiés par la *Nordiske Litteratur-Samfund*, la deuxième partie du XXe volume, contenant les Chants des îles Féroé, *Faeroeiske Kvaeder*, page 50, et particulièrement le *Gunnars Kvaedi* :

> Módir fellir mödig tár :
> Hiálp taer sonur, vid míd hár.
> — Ei skulu bragdar briga maer,
> Eg reiv hár af hövdi á taer.

Cf. *Antiqvarisk Tidskrift for 1849-51*, p. 87.

C'est à dessein que nous n'avons interrompu d'aucun commentaire cette analyse rapide de toute la première moitié de la saga de Nial, afin qu'elle apparût au lecteur dans son ensemble, comme un spécimen de la manière habituelle aux sagas islandaises et comme un premier tableau des mœurs scandinaves à la fin du xe siècle. N'avions-nous pas le droit aussi de lui attribuer un certain mérite au point de vue littéraire et moral ? Ce n'est pas assurément la bonne ordonnance que nous y vanterons ; notre analyse fort abrégée ne doit point à cet égard faire illusion : le récit est souvent mêlé, confus, embarrassé de mille circonstances indifférentes ou obscures ; le chroniqueur va en avant un peu à la manière du conteur arabe, qui ne supprime ni ne classe aucun souvenir. Cela n'empêche pas que la narration, soit par le reflet fidèle d'une réalité vivante, soit par une certaine simplicité instinctive et naïve, n'offre une suite réelle dans la peinture des caractères ; ceux-là mêmes qui sont sur le second plan ne manquent pas d'apparaître, pour qui lit tout l'ouvrage, dans une lumière qui n'est point trop indécise. Bergthora par exemple, la femme de Nial, bien qu'elle soit à l'occasion, elle aussi, vindicative et hautaine, passe cependant pour être en général une bonne et pacifique maîtresse de maison ; elle ne quittera pas son mari, même dans l'extrême danger, au jour de sa mort. Le narrateur n'a pas beaucoup à dire à son sujet, mais il sait faire entendre que ce silence est tout à son éloge. — Nous connaissons Halgerda : son prestige funeste, sa passion capricieuse, tantôt amour et tantôt haine, forment le foyer qui attire à lui l'action entière : tous les désastres accumulés finalement par elle sont en germe dans cet oblique regard que, dès le commencement de la saga, son oncle a remarqué dans sa physionomie d'enfant. — La figure de Gunnar est très fortement décrite, et de toutes pièces. On ne doit jamais oublier que c'est un redoutable viking, un de ces rois de mer pour lesquels la piraterie apparaît comme une source de richesse régulière. Au milieu des guerres privées qui agitent l'Islande, nul n'ose accepter le duel contre lui ; ses adversaires aiment mieux l'envelopper dans quelque perfide procès. Sa force est la raison de sa douceur : on l'a vu, ne sachant rien des aventures passées d'Halgerda, qui ont eu lieu pendant qu'il naviguait au loin, céder à son charme, et ne vouloir pas après cela s'en dédire ; on l'a vu opposer une réelle patience et une indulgente bonté à ses emportemens, maintenir fermement ses liens avec l'ami qu'il consulte et respecte, et ne se mêler que malgre lui, après une longue résistance, aux combats sanglans d'alentour. A la

suite d'une de ces actions d'où lui et les siens,
comme à l'ordinaire, sont sortis vainqueurs, il
entend ses compagnons chanter et se réjouir, et se
dit à lui-même : « Suis-je donc moins brave que
ceux-là ? Comment se fait-il qu'après avoir tué je me
sente le cœur triste et pesant ? » Parole touchante
et profonde, non pas seulement à cause du sentiment tout humain qui l'inspire, mais aussi pour la
sincérité de l'aveu, et pour cette nuance délicate de
simplicité en même temps forte et naïve, qui lui
fait se demander avec étonnement s'il est donc
moins courageux que ceux à qui le meurtre ne
coûte pas. Nous avons dit qu'en lisant les sagas on
pensait quelquefois à Shakspeare ; n'est-ce pas ici
un de ces mots qui jaillissent des sources vives et
que le grand poète anglais, avec sa puissance d'imagination et de cœur, a su plusieurs fois deviner ?
— A côté du viking Gunnar, Nial d'humeur paisible
et douce est pour toute la société islandaise le sage
renommé. Il est sage, parce qu'il est savant en
droit, parce qu'il connaît en habile juriste les dispositions, les pièges et les ressources de la loi. Le plus
clair témoignage des troubles violens qui agitent
alors l'Islande est que des hommes tels que Gunnar
et lui finissent par être enveloppés malgré eux dans
ces tourbillons de colères et de vengeances.

Mais le plus intéressant est peut-être de suivre à

l'aide de la saga de Nial, les premiers progrès de la société scandinave vers une organisation offrant quelque régularité. De même que nous voyions tout à l'heure à la piraterie se mêler peu à peu le négoce, et le viking se transformer en négociant et en arma- teur, de même il est curieux d'observer à l'intérieur cette société islandaise sortant insensiblement de la barbarie, essayant de créer un pouvoir public, et se réfugiant sous la protection de la loi, aux arrêts de laquelle cependant son énergie encore sauvage a peine à se soumettre.

Dans les sociétés primitives les différents pou- voirs, au lieu d'être nettement et logiquement sépa- rés, sont réunis d'ordinaire ou plutôt confondus ; l'instinct des peuples leur fait craindre d'affaiblir la loi en la mutilant. Il en était ainsi, à certains égards, chez les Islandais du xe et du xie siècle. De même que le magistrat y était naguère encore en même temps prêtre et chef politique, de même l'Althing, où se prenaient, en présence des hommes libres, les résolutions intéressant la communauté, où se faisaient les lois, où se célébraient, primitivement au moins, les cérémonies religieuses, était devenu le centre de la vie publique. La saga de Nial nous en a donné déjà des exemples. C'est à l'Althing que Gunnar, au retour de son expédition maritime, va raconter ses exploits et recueillir les applaudissements de ses concitoyens ; c'est là qu'il rencontre Halgerda, venue à l'assemblée avec toute sa famille, et c'est là qu'il la demande en mariage. C'est là enfin que se réconcilient, pour un temps et sous les yeux des magistrats, les parties qu'une vengeance peut-être héréditaire a armées l'une contre l'autre. Le récit qui précède nous a montré aussi à l'avance quelques traits du rôle judiciaire de l'Althing ; étudions-le maintenant sous cet aspect particulier, qui ne se confond pas avec celui de sa puissance législative. Nous avons dit qu'il exerçait l'autorité judiciaire en réunissant dans son sein les tribunaux les plus élevés du pays, et nous venons de voir d'ailleurs, dans la première partie de la saga de Nial, l'exposé des mœurs qui rendaient l'intervention de la justice constamment nécessaire. Ouvrons à présent le Grágás ; il nous donnera la constitution de ces divers tribunaux, ainsi que les lois et la procédure qui les régissaient ; le tableau des institutions judiciaires s'ajoutera ainsi pour nous à celui des institutions politiques. La saga de Nial, dont nous ne connaissons encore qu'une partie, nous servira, comme nous l'avons annoncé, de commentaire perpétuel du Grágás dans cette nouvelle étude ; certaines réformes très-importantes dans l'ordre judiciaire ne nous seront racontées et expliquées que par elle ; elle nous introduira, grâce aux récits de curieux épisodes juridiques, au sein des tribunaux islandais du xi° siècle, dont elle nous fera connaître, dans l'intime détail, de concert avec le Grágás, les règles et la procédure.

Le jour de l'ouverture de l'Althing et en même temps que le lögretta inaugure ses travaux législatifs se forment aussi dans le sein de la même grande assemblée, suivant le Grágás, quatre grands tribunaux qui correspondent aux quatre régions de l'île. Chacun de ces tribunaux, dits de fiordung ou de quartier se compose, comme le lögretta, d'abord des *godar* établis dans sa circonscription, lesquels ne jugent pas, mais nomment les juges, surveillent et dirigent les procès, puis des véritables juges désignés par eux entre leur subordonnés. Chaque tribunal compte trente-six membres, trois douzaines, et la réunion judiciaire en compte ainsi dans son ensemble cent quarante-quatre, comme la réunion législative. On trouve nettement définies dans le Grágás les conditions requises pour la nomination des juges par les *godar* : ils doivent avoir au moins douze ans, être hommes libres, pourvus d'un domicile légal, valides d'esprit et de corps, et non engagés eux-mêmes de quelque façon que ce soit dans un procès ; il faut, de plus, qu'ils aient appris dès l'enfance à parler la langue norrène.

« Le *godi* se rendra à l'ouverture orientale de

7

« l'Almannagia, dit le Grágás. Il fera asseoir son
« juge élu ; puis, prenant deux témoins ou davan-
« tage : Je vous prends comme témoins, dira-t-il,
« que je désigne cet homme, — et il dira son nom,
« — pour juger toutes les causes qui seront présen-
« tées devant ce tribunal aux termes de la loi.
« J'invite défendeurs et demandeurs à user du droit
« de récusation dans les rangs de ce tribunal ; mais
« celui que j'ai désigné devra assister au jugement,
« à moins qu'il ne soit légalement récusé, auquel
« cas je le remplacerai par un autre. Je nomme à
« ce tribunal ; » — il répétera le nom, et il ajoutera :
« ce tribunal est, pour ce qui nous concerne, léga-
« lement constitué. »

On reçoit à chacun des tribunaux de fiordung,
dont nous verrons plus tard la procédure, les affaires
que les tribunaux de printemps ou varthings, si leurs
juges n'ont pu être unanimes, n'ont pas vidées ; on
y reçoit aussi celles que tout demandeur a droit d'y
porter de préférence à la juridiction des varthings.
Si un demandeur et un défendeur appartiennent à des
varthings différents, on comprend que le demandeur
aimera mieux ordinairement présenter l'affaire à
l'Althing, où les représentants de tous les districts
se trouvent réunis et où chacune des deux parties
trouvera des voisins et des amis parmi lesquels
elle pourra choisir ses témoins et ses *qvidr* ; nous

dirons tout à l'heure les attributions de ces derniers.

La session de chaque année ne durait pas plus longtemps pour les tribunaux que pour le lôgretta. Aussi les causes devinrent-elles promptement trop nombreuses pour être expédiées par cette seule juridiction centrale, vers laquelle les Islandais avaient facilement pris l'habitude de porter leurs plus importants procès. Une réforme devint urgente, et cette nécessité donna naissance à une institution nouvelle dans l'histoire du droit islandais. La saga de Nial apporte ici particulièrement un commentaire indispensable à l'étude du Grágás. Elle raconte comment un nouveau tribunal fut fondé, par l'initiative de Nial lui-même, et elle nous aide à fixer les circonstances et la date (1004) d'une innovation qui avait pour but de réformer l'ancienne constitution islandaise, et qui se proposait, à certains égards, d'en déranger l'équilibre.

Le meurtre de Gunnar, bien que légal, n'avait fait que rallumer les guerres privées entre les deux familles dont la saga rapporte l'histoire. Nial s'appliquait en vain à calmer partout les passions irritées, et, les meurtres une fois commis, à prévenir les vengeances. — Hauskuld, fils d'un de ses ennemis, s'étant trouvé orphelin par une conséquence de ces guerres incessantes, Nial l'adopta, le fit élever chez lui et fut pour cet enfant comme un père. Quand

Hauskuld fut devenu jeune homme, Nial s'occupa de le marier et lui proposa la fille de Starkad, Hildigunne. Hauskuld lui répondit: « Votre choix sera le mien, « mon père. » Ils se rendirent chez Starkad : « Je « viens pour une grande affaire, dit Nial. Je voudrais « fiancer ta fille Hildigunne. — Avec qui ? — Avec « mon fils adoptif Hauskuld. — Cela demande « réflexion. Qu'as-tu à dire de ton protégé ? — Rien « que de bon ; il apportera d'ailleurs assez d'argent « pour que vous soyez tous satisfaits. — Faisons « appeler Hildigunne, répondit Starkad, et voyons « ce qu'elle en pense. » Hildigunne, mandée, se récrie aussitôt, en disant qu'on lui avait promis de ne la marier qu'à un homme revêtu de la dignité de *godi*. « Je ne refuse pas Hauskuld, dit-elle, si on « peut lui procurer un tel titre, mais c'est ma condi- « tion. » Nial répondit en demandant un délai de trois années ; Hildigunne y consentit.

De retour chez lui, Nial s'occupa immédiatement de chercher à pourvoir Hauskuld ; mais nul ne vou- lait se défaire de son *godord*, et il se trouvait fort embarrassé.

Bientôt la saison d'été amena l'époque de l'Al- thing. La session était chargée d'affaires. Bon nom- bre de parties consultèrent Nial, car les Islandais avaient coutume de recourir, dans leurs procès, à des jurisconsultes, à des *jurisperiti*, qui connais-

saient la loi, ses formules et ses ressources, mieux
que ne pouvaient faire les juges appelés par hasard
pour une session ou pour une affaire, et mieux que
les *godar* eux-mêmes, auxquels n'incombait, en
réalité, que la seule mission de diriger impartiale-
ment l'administration de la justice. Nial, contre leur
attente, ne donna cette fois à ceux qui le consul-
taient que des avis incomplets, qui n'étaient de
nature à procurer le succès ni aux défendeurs ni aux
demandeurs. Les causes n'aboutirent pas, et il fallut,
au milieu d'un profond désordre, que les plaideurs
se résignassent à s'en retourner chez eux sans être
accordés.

L'année suivante, quand le thing approcha, Nial
engagea les parties à dénoncer leurs causes. Beaucoup lui répondirent que c'était inutile, que personne ne réussirait à être jugé, et qu'ils étaient donc
préparés à faire valoir leurs droits par la pointe et le
tranchant de leurs épées. Quand Nial les vit excités
de la sorte : « Il ne faut pas qu'il en soit ainsi, leur
« dit-il. Il se peut qu'il y ait quelque chose de vrai
« dans ce que vous dites ; mais il n'est pas bon que
« la loi chôme dans un pays. C'est à ceux qui con-
« naissent les lois et qui ont à prendre soin de la
« justice d'accorder les parties et de procurer la
« paix. » Là-dessus, il se rendit à l'Althing, et, s'a-
dressant au président et aux autres chefs qui étaient

présents : « L'administration de la justice deviendra
« inextricable, dit-il, si nous n'avons prochainement
« d'autres tribunaux que ces tribunaux de fiordung,
« où les causes se compliquent de telle sorte, qu'elles
« n'ont plus d'issue possible. Je crois donc qu'il
« serait à propos d'instituer un cinquième tribunal
« (*fimtardom*) devant lequel on poursuivrait toutes
« les causes non vidées aux tribunaux de fiordung. »
Mais le président objecta : « D'où prendrez-vous
« des juges pour cette cour ? » Nial répondit : « Don-
« nons de nouveaux *godord* à ceux qui nous en
« paraissent le plus dignes dans chaque fiordung, et
« que ceux à qui cela conviendra viennent s'inscrire
« dans les nouvelles circonscriptions. — Soit, dit le
« président ; mais quelles sortes de causes ressorti-
« ront à ce tribunal ? — Toutes celles, reprit Nial,
« qui traitent des illégalités commises à l'Althing,
« des faux témoignages et des citations erronées de
« témoins ; toutes celles ayant donné lieu à des
« décisions contradictoires ; tout procès, enfin,
« contre quiconque aurait accepté ou offert de
« l'argent pour séduire le tribunal, ou contre quicon-
« que aurait, par ruse, retenu l'esclave ou le servi-
« teur d'un autre. Aux serments prêtés devant ce
« nouveau tribunal il faudra réserver le plus de
« respect ; chaque serment y sera confirmé par deux
« témoins apportant pour garants leur honneur et

« leur bonne renommée. La procédure sera, d'ail-
« leurs, la même que devant le tribunal du fiordung,
« avec cette seule différence que, quatre douzaines
« de juges étant nommées pour le fimtardom, le
« demandeur devra récuser six de ces juges et le
« défendeur un même nombre ; si celui-ci ne le veut
« pas, le demandeur en récusera douze à lui seul ;
« s'il ne le fait pas, la cause sera perdue pour lui,
« car le jugement ne peut être prononcé que par
« trois douzaines de juges.

« Nous devons aussi faire en sorte, ajoutait Nial,
« qu'au lôgretta la puissance législative soit à ceux
« qui siègent sur les bancs du milieu, et il faut y
« appeler par l'élection les plus capables et les plus
« sages. Le fimtardom siègera dans l'enceinte du
« lôgretta. Si les membres ne tombent pas d'accord
« dans leurs délibérations, que ce soit la majorité
« qui décide. Si quelqu'un, en dehors de l'enceinte
« du lôgretta, et n'ayant pas permission d'y entrer,
« se croit lésé par une résolution de l'assemblée,
« qu'il prononce à haute voix son veto, de manière
« à être entendu, et ce veto frappera de nullité tout
« vote émis et toute loi résolue. » (Page 151 du texte
islandais et 330 de la traduction latine : « Quo inter-
« dicto omnia quæ dederunt privilegia omnesque
« quas indixerunt leges irrita reddidit, idque inter-
« dictum valeat. »)

Le président, après ce discours, s'occupa de faire adopter comme loi cette institution du fimtardom avec toutes les dispositions proposées par Nial. On se rendit ensuite au rocher de la loi, et on institua les nouveaux *godord*. Nial demanda la parole et dit : « Beaucoup de personnes ici présentes savent com- « ment mes fils et mes serviteurs ont tué Thraen « Sigfussen. Nous avons conclu un accord, et j'ai « adopté son fils Hauskuld ; je l'aurais même déjà « marié, si j'avais pu lui procurer un *godord*, mais « personne ne voulait se défaire du sien. Je viens « vous prier de permettre aujourd'hui qu'un des « nouveaux *godord* soit érigé en son nom, à Hvide- « naes. » Tous y consentirent, et l'on se dispersa. Le mariage d'Hauskuld avec Hildigunne fut célébré peu de temps après.

Tel est, en résumé, le récit de la saga de Nial. Mettons tout de suite en regard les termes du Grágás qui se rapportent au même changement [1] :

« Nous aurons encore, y est-il dit, un cinquième « tribunal, qui prendra le nom de fimtardom. Il se « composera de neuf juges par fiordung, un pour « chaque ancien *godord*. Les nouveaux *godar* nom- « meront pour leur part douze juges ; le total sera « ainsi de quarante-huit. Le fimtardom se constituera « aussitôt après les tribunaux de fiordung, et ils

----

1. Section III, titre XXIV : « Um fimtardom. »

« procéderont concurremment à rendre la justice, à
« moins que le lôgretta n'en dispose unanimement
« d'autre façon. Le fimtardom siégera dans l'enceinte
« du lôgretta. Les causes suivantes ressortiront au
« fimtardom : faux verdicts de *quidr ;* faux témoi-
« gnages et faux serments prononcés devant les
« tribunaux de fiordung ; tentative ou consentement
« de corruption ; secours illégaux à des proscrits ou
« à des débiteurs devenus les hommes de leurs
« créanciers, etc. Quant au mode de nomination des
« juges, les *godar* se rendront tous ensemble au
« lôgretta, et chacun d'eux nommera son juge. Le
« *godi* prendra des témoins : Je vous prends comme
« témoins, dira-t-il, que je nomme celui-ci (et il
« l'appellera par son nom) juge au fimtardom, afin
« qu'il juge toutes les affaires qui viendront devant
« ce tribunal ; et je veux qu'il siége, s'il n'est pas
« récusé ; je constitue le tribunal conformément à la
« loi. Puis il prendra de nouveaux témoins, et il
« dira : Je vous prends comme témoins que je prête
« serment la main sur le Livre, serment concernant
« le fimtardom. Puisse Dieu m'assister dans cette
« vie et dans l'autre comme je crois avoir désigné
« un juge tel, que nul autre homme ou habitant de
« ce pays ne remplirait cet office, aux termes de la
« loi, mieux que celui-ci, nommé parmi les hommes
« de mon district ! Chaque *godi*, nommant son juge

« pour le fimtardom, prononcera un pareil serment... »
Suivent des dispositions relatives à la procédure que
nous n'avons pas à examiner quant à présent.

Voilà les deux textes. On voit que celui du Grágás
n'ajoute presque rien à celui de la saga de Nial, qui
est le plus ancien. Non-seulement la saga nous
indique aussi bien que le code la composition du
nouveau tribunal, mais elle nous raconte encore à
quelle occasion ce tribunal fut fondé, et le récit
qu'elle donne est d'autant plus détaillé, que son
propre héros est le promoteur de cette innovation
juridique. Il est bien permis de croire que la saga
augmente à plaisir l'importance de son héros ; il faut
toutefois se rappeler, d'une part, que Nial exerçait,
comme juriste habile, un notable ascendant au milieu
de cette aristocratie et dans cette assemblée judiciaire,
dont il faisait sans doute partie ; d'autre part, qu'il
n'y a rien d'étonnant à voir les Islandais professer
cet esprit pratique dont une partie des peuples
germaniques se sont montrés plus tard si vivement
animés, et modifier chaque partie de leur législation
à mesure que l'expérience de chaque jour leur en
faisait sentir les lacunes ou les vices. Le nouveau
tribunal ouvrit une sorte de nouvelle instance, générale et suprême, au-dessus des justices locales et des
quatre grandes cours de l'Althing. Il appela à lui un
certain nombre de causes spéciales, qui se trouvèrent

à cette occasion, mieux définies. Il eut une procédure plus sévère, qui servit bientôt de modèle et fut imitée. Ce fut une cour de cassation par certains côtés, et, par d'autres, une cour supérieure d'appel. De prompts résultats paraissent avoir suivi l'institution du fimtardom. A lire attentivement et à comparer les sagas, il semble qu'on ne rencontre plus dès lors tant de procès éternellement prolongés à travers des querelles sanglantes ; sept ans plus tard, en 1011, la coutume barbare du duel est abolie ; la justice paraît être plus redoutée et mieux rendue : elle restera telle jusqu'à la fin de la république.

Nial n'était pas seulement un savant juriste, c'était aussi un bon citoyen ; une partie de sa proposition, telle que la saga de Nial nous l'a rapportée, était une tentative de réforme politique. Nial s'inquiétait, pour l'avenir de la république, de l'ascendant chaque jour plus marqué de l'oligarchie des *godar* ; chaque progrès accompli vers une centralisation, d'ailleurs salutaire, se faisait au profit d'un petit nombre de familles dont la domination exclusive menaçait d'étouffer l'État dans son berceau. Nial proposa la création de nouveaux *godord* afin d'ouvrir les rangs serrés de cette noblesse et pour réduire ses droits en les disséminant. Ces nouveaux *godar* ne devaient pas, il est vrai, faire partie du lôgretta ; mais la puissance locale qu'ils pourraient acquérir par leur

crédit sur les populations balancerait l'autorité de
l'assemblée législative et lui ferait échec : c'était un
germe de décentralisation. Les membres du lôgretta
admirent cette proposition de Nial, dit la saga. En
effet elle laissait intacte leur autorité dans l'Althing,
et, de plus la création de nouveaux *godord* flattait
une sorte de noblesse inférieure, peut-être les assesseurs mêmes du lôgretta. Nial proposa aussi de
borner au banc du milieu, dans l'assemblée législative, le droit de voter et de faire occuper ce banc par
l'élection. Cela encore était politiquement d'une
grande importance. Avant la proposition de Nial les
membres occupant les trois rangées de bancs avaient
un droit de vote égal ; il s'agissait de limiter le
nombre des voix, ce qui procurerait, disait Nial, un
meilleur ordre et plus de sûreté dans la délibération
et la résolution ; mais c'était à la condition expresse
de remplacer, sur ce banc du milieu, les anciens
godar, membres inamovibles, par des membres élus.
C'est ici que Nial voulait porter à l'aristocratie des
godar le coup le plus sensible, et c'est ici qu'il
échoua. On admit bien que le droit de voter fût
désormais le privilège exclusif de ceux qui siégeaient
sur les bancs du milieu, et les assesseurs n'eurent
plus qu'une voix consultative ; mais les anciens *godar*
restèrent en possession de ces mêmes bancs sans
que l'élection fût admise, et, par conséquent, leur

pouvoir en doubla. Le résultat fut ainsi tout contraire aux désirs de Nial. Les destinées ultérieures de la république islandaise réalisèrent les maux qu'il avait voulu prévenir. Un petit nombre de nobles réunirent entre leurs mains toute la puissance. Après avoir étouffé les libertés publiques, ils se divisèrent; quelques-uns d'entre eux appelèrent au secours de leur ambition le roi de Norvège, au profit duquel on vit périr finalement, en 1264, après de longs troubles intérieurs qu'a racontés la Sturlunga saga, l'indépendance islandaise.

En résumé nous avons vu que l'Althing comprenait, outre une assemblée législative appelée lôgretta, une assemblée judiciaire, composée de la réunion des quatre grands tribunaux de l'Islande, à laquelle s'est ajouté en 1004 le fimtardom. Nous avons vu se compléter une série de tribunaux fixes et réguliers créés successivement, avec des juridictions toujours plus étendues et, en même temps, plus autorisées et plus puissantes : d'abord le tribunal du *godi*, puis celui du printemps, administré par trois *godar*, puis ceux des fiordungs, enfin, et au-dessus de tous les autres, le fimtardom ; ce dernier supérieur aux précédents, non par aucune espèce de hiérarchie établie administrativement et de propos délibéré, mais à cause de son origine même et des raisons de son existence, parce qu'il était destiné à combler

les lacunes et à réparer quelques-uns des vices de
l'organisation judiciaire primitive, recevant, par
exemple, les affaires que le principe de l'unanimité
nécessaire des votes avait empêchées d'aboutir
devant les autres tribunaux, et les achevant grâce à
la règle, établie pour lui seul, de la pluralité des
voix ; revisant les cas mal jugés, jugeant enfin
spécialement certaines sortes de crimes, comme
pour décharger peut-être les juridictions inférieures.
Les mêmes coutumes et le même ordre régissent à
peu près uniformément tous ces tribunaux ordinaires,
comme nous le verrons plus amplement en exami-
nant le détail de leur procédure. Partout les *godar*,
qui représentent l'Etat, ne font que surveiller et
diriger l'administration de la justice ; ils ne jugent
pas eux-mêmes. Partout les juges sont de simples
citoyens nommés par les *godar* seulement pour une
session, et nous verrons que ces juges eux-mêmes
n'ont pas en mains toute la décision dans une cause ;
d'autres citoyens leur seront encore adjoints, tant
se montrent sans cesse, dans l'administration de la
justice suivant l'ancien droit islandais, le principe et
l'habitude du *self-government*.

Ce génie n'éclate pas moins, en dehors de l'organisation régulière que nous venons d'étudier, dans
toute une administration de justice locale que
l'examen des sagas et du Grágás nous révèle égale-

ment. A côté de l'édifice judiciaire qu'avait lentement érigé le progrès politique, et que nous avons vu se déployer au grand jour suivant un ensemble de règles toujours les mêmes, règles précisées et commentées par le magistrat suprême chaque année à l'Althing, et méritant déjà, par leur fixité et leur autorité, d'être appelées du beau nom de la loi, il y a chez les Islandais, au temps des sagas et même au temps du Grágás, toute une justice domestique et locale, de qui relèvent, afin d'échapper à l'obstacle des retards et à celui des distances, la multitude des affaires secondaires qu'enfantent les relations les plus ordinaires de la vie civile et le grand nombre des délits ou des crimes qu'il importe de punir sur-le-champ. Les tribunaux destinés à satisfaire à cette justice de chaque jour différaient de ceux que nous venons de nommer : en ce qu'ils n'avaient pas de session régulière, mais qu'ils s'assemblaient suivant les circonstances et quand il le fallait ; en ce que les juges n'y étaient point nommés par les *godar*, mais bien par les parties elles-mêmes ; en ce qu'ils n'avaient mission de juger que l'affaire pour laquelle ils étaient spécialement convoqués ; en ce qu'ils se réglaient enfin sur ce qu'on peut appeler par excellence la coutume, transmise par la seule tradition vulgaire et consacrée par le consentement universel du pays. La simple majorité des voix décidait dans ces tribunaux ; si on ne l'atteignait pas, l'affaire était transportée à un tribunal ordinaire inférieur ou à l'Althing. Nous touchons ici évidemment à l'organisation primitive de la justice chez les Islandais, à celle que l'institution de tribunaux réguliers a complétée, mais non supplantée entièrement. Une des plus anciennes formes que cette justice nationale ait revêtues se trouve assurément dans le tribunal du seuil de la maison, qui se tenait aux portes, *duradóm*. Le Grágás n'a conservé ni le nom ni même le souvenir très-précis de cette institution primitive ou plutôt de cet antique usage ; mais il décrit longuement la visite domiciliaire à propos du vol, qui en était l'occasion ordinaire. Si le propriétaire soupçonné ne voulait pas permettre que la perquisition se fît régulièrement, à l'abri d'une paix jurée par lui-même, ou si les objets volés étaient trouvés dans sa maison, les sagas nous attestent qu'une sorte de tribunal s'improvisait à la porte de cette maison et jugeait immédiatement. L'Eyrbyggia saga raconte que Thorbiôrn, à qui on avait volé ses chevaux, prétendit faire une perquisition chez Thorarin, qui habitait à Mafahlid. Comme celui-ci refusait de se prêter à l'enquête, sous prétexte de quelque illégalité, Thorbiôrn institua sur-le-champ un duradóm, nomma six juges, et fit condamner Thorarin comme voleur, ce qu'il était réellement. Il est probable que cette forme de jugement sommaire s'appliquait à beaucoup de cas dans la législation primitive de l'Islande, mais qu'on se hâta de la restreindre ou même de l'abolir dès que la loi gagna quelque crédit, pour mettre fin aux nombreuses violences qu'elle devait susciter.

De pareils tribunaux, improvisés et jugeant d'après la coutume et le bon sens populaire, devaient décider dans les nombreux différends que faisait naître la vie agricole. Il y avait le tribunal de la prairie, *engi-dóm*, pour le cas où deux voisins se disputeraient la propriété d'un champ ; il y en avait un autre pour fixer à quel endroit précis devait s'élever la haie destinée à clore un pâturage appartenant à un particulier mais contigu à des communaux ; il y en avait pour estimer les biens légués à un mineur, pour déterminer les droits des indigents à l'assistance, pour régler enfin les faillites, sans omettre les droits des créances hypothécaires, tant fut réelle de très bonne heure, chez les anciens Islandais, la complexité des relations civiles et commerciales.

Nous venons d'esquisser un tableau rapide de la constitution judiciaire de l'ancienne Islande ; nous avons dit comment cette constitution s'était centralisée toujours davantage, jusqu'à ce qu'elle rencontrât sa plus haute et sa plus complète expression dans l'Althing ; nous avons montré enfin que cette cen-

tralisation avait laissé subsister les justices locales.
Recherchons maintenant quels étaient les principaux
caractères de la procédure suivie dans tous ces
tribunaux.

En premier lieu, il ne faut jamais oublier que, si
l'on parle comme nous parlons ici, de l'époque dont
la saga de Nial retrace l'histoire, c'est-à-dire du xe
siècle, la procédure n'est pas écrite. Les caractères
runiques, seuls usités dans le Nord avant l'introduction du christianisme, ne servaient guère qu'à des
inscriptions ou à de très-courts écrits, loin d'être
alors d'un emploi général. De là un recours continuel
et forcé de la procédure islandaise aux témoins.
Leur mémoire et leur loyauté tiennent pour ainsi
dire lieu de registres et de documents écrits, et le
Grágás prévoit les cas où la mort ou bien des oublis
involontaires viendraient mettre obstacle au contrôle
de la vérité. Quelque imparfait qu'il fût, ce contrôle
subsista longtemps chez ces peuples, à qui un exercice constant de la mémoire avait fait de cette faculté
un instrument plus perfectionné sans doute et plus
sûr que nous ne saurions l'imaginer.

Secondement, bien qu'elle ne soit pas écrite, la
procédure islandaise est extrêmement compliquée, de
formules dont il ne faut pas citer à faux une seule
expression, de marches et de contre-marches dont
on doit posséder à fond la tactique difficile. Cette

complexité est précisément une suite de l'absence de
l'écriture : la précision des formules et des manœu-
vres juridiques a paru tout d'abord nécessaire pour
diriger la mémoire en parant au danger de la confusion ; on a voulu corriger et simplifier successivement
chaque formule et chaque manœuvre, mais on n'a
pas pu, après chaque amendement, effacer immédiatement des mémoires les formes jusque-là consacrées ; habile et heureux celui qui saura, au milieu
du dédale, trouver pour lui-même ou indiquer aux
plaideurs qu'il protège les vraies voies de droit et
les formules inattaquables [1] !

Aux termes du Grágás, celui auquel la loi reconnaît
le droit de poursuivre une cause et de se porter
comme accusateur est avant tout la personne lésée,
si elle peut exercer ce droit ; sinon, c'est son plus
proche parent ou héritier. Entre plusieurs parents
d'un égal degré, c'est l'aîné que la loi préfère. Les
sagas témoignent que le droit islandais primitif
permettait aux femmes de poursuivre en justice
quand la parenté les désignait. Mais l'Eyrbyggia saga
raconte qu'en 993, à la suite du meurtre d'un chef
illustre nommé Arnkel, des femmes se trouvèrent,
en qualité d'héritières les plus proches, chargées de
la poursuite ; elles acceptèrent un accord qui fut
conclu à l'Althing, et aux termes duquel le meurtrier

1. V. l'appendice.

fut seulement exilé pour treize ans. Cette vengeance
parut médiocre pour un personnage aussi considéré
que l'était Arnkel, et ceux qui avaient alors en main
le gouvernement de la république décidèrent que
désormais nulle poursuite ne serait plus confiée ni
à une femme, ni à un jeune homme âgé de moins de
seize ans. La législation islandaise resta, sur ce point
fixée de la sorte. D'après le même sentiment, si
l'accusateur désigné par la loi est disposé à conclure
un accord dans une affaire criminelle, mais que les
autres parents, ou même un seul d'entre eux, aiment
mieux poursuivre, ce dernier avis l'emporte, car il
est plus honorable aux yeux de la loi d'obtenir
vengeance pour l'injure faite à un parent, cette
vengeance fût-elle obtenue par la voie des tribunaux
et non par la violence, que de se contenter d'une
simple compensation. Il est, d'ailleurs, interdit (mais
c'est une prescription rarement observée) de conclure
un accord dans une cause importante sans l'intervention du tribunal.

S'il n'y a pas de demandeur désigné par la loi, ou
si le demandeur légal s'abstient ou se trouve empêché, le premier venu, comme il arrivait à Sparte
dans les causes criminelles, peut s'emparer de la
plainte. Il y a, d'ailleurs, à défaut de poursuivant
légal, une sorte de ministère public, puisque, dans
le *repp* ou canton, cinq propriétaires, nommés par

leurs concitoyens ou par le sort, sont chargés de poursuivre devant le tribunal local les délits et crimes commis dans leur petite circonscription ; les *godar* eux-mêmes ont, d'ailleurs, le droit et le devoir de ne pas laisser sans poursuite les crimes importants, alors même qu'ils ont pour auteur quelqu'un de leurs collègues. — Si l'accusateur légal se sent inhabile, la loi lui permet de transmettre sa cause à un légiste expérimenté, concession nécessaire en présence d'une procédure compliquée, qu'il faut connaître et appliquer avec une entière rigueur.

Une poursuite criminelle s'ouvre par la citation de l'accusé, que l'accusateur somme par-devant deux témoins d'avoir à comparaître, dans un délai fixé, devant tel tribunal. La citation, dit le Grágás, doit mentionner le nom, le domicile, la profession de l'accusé, le nom de son père, qui tient lieu du nom de famille, l'objet de la plainte, le lieu, l'heure, les circonstances du crime, enfin la peine requise. C'est, d'ordinaire, au domicile du prévenu que doit se faire la citation ; le Grágás contient à ce sujet des distinctions multipliées et précises. Un journalier ou un homme de service recevra la citation dans le lieu où il aura résidé quinze jours au moins pendant la saison dernière, ou bien, à défaut d'une aussi longue résidence, dans celui où il aura passé trois nuits au moins. Un pêcheur sera cité dans la cabane où il habite avec ses camarades auprès du rivage ; un matelot descendu à terre le sera à l'endroit même des pieux auxquels viennent s'attacher les câbles de son bâtiment.

En même temps qu'il fait par-devant témoins sa citation, l'accusateur désigne neuf personnes voisines du lieu où le crime s'est commis, lesquelles sont chargées de vérifier les fondements de l'accusation pour exprimer plus tard devant le tribunal leur avis concernant la culpabilité de l'accusé. Ce sont les quidr, dont nous examinerons tout à l'heure le rôle en détail.

Ces mesures préparatoires une fois prises, vient la session de l'Althing. La cause est portée devant celui des quatre tribunaux de la grande cour judiciaire dans le ressort duquel l'affaire s'est passée. L'accusateur, avant même que les tribunaux soient installés et ouverts, publie sa cause du haut de la Montagne de la loi ; elle prend rang de la sorte parmi celles qui devront être jugées dans la session. Nous avons dit que les tribunaux de l'Althing avaient des juges nommés par les *godar* ; mais les parties peuvent les récuser ; les *godar* sont tenus de remplacer immédiatement ceux contre lesquels la récusation est admise.

Le tribunal est installé ; les demandeurs sont

placés au sud, les défendeurs au nord. Trois surveillants ou gardiens désignés par les *godar* veillent au bon ordre ; ils tracent deux cercles autour des bancs occupés par les juges, et, si quelqu'un des assistants les franchit, ils le punissent d'une amende. On tire ensuite au sort pour fixer l'ordre dans lequel, après les causes restées en suspens depuis l'année précédente, les affaires nouvellement dénoncées arriveront devant le tribunal. La première cause est introduite. Le demandeur ou son mandataire requiert l'adversaire d'entendre son serment ; puis il jure de parler et d'agir avec une entière loyauté. Il produit ensuite les témoins de toutes les opérations qui ont déjà précédé : témoins de la première citation, témoins de la convocation des quidr, témoins de la transmission de la cause à un mandataire, s'il y a lieu. Il prouve ainsi que la procédure a été par lui, jusqu'alors, exactement suivie, et le défendeur lui en donne acte en ne s'opposant pas à ce qu'il passe outre. Cela fait, il expose devant les juges la cause tout entière, mais, à en croire les témoignages des sagas confirmés par le Grágás, en se contentant de remplir, par sa simple indication des circonstances principales, les formules consacrées qu'il prononce ; son habileté consistera donc, non pas à émouvoir ou à convaincre les juges par des plaidoiries, mais à trouver

dans l'arsenal des formules légales celles auxquelles
son adversaire répondra le plus difficilement, et à
lui tendre même, s'il est possible, quelque embûche
juridique dont ce dernier ne saura pas éluder le
péril. La cause une fois exposée par le demandeur,
il introduit ses quidr, invite le défendeur à exercer
son droit de récusation contre eux, leur fait prononcer leur verdict et requiert ensuite son adversaire
de présenter sa défense.

Le défendeur s'avance alors. Il est rare qu'il fasse
défaut, car il n'y a pas de honte, suivant les mœurs
et aux yeux mêmes de la loi, à avoir tué un homme
si l'on prouve qu'on a fait que repousser ou punir
une injure méritant la mort, et les mœurs ainsi que
la loi reconnaissent beaucoup d'injures de cette sorte. Bien plutôt le meurtrier serait tenté de se vanter
publiquement de ce qu'il a fait. Le défendeur commence par accomplir les mêmes formalités que le
demandeur a accomplies. Au préalable il a, lui aussi
désigné ses quidr, et il les a fait asseoir près du tribunal. Il prête serment de loyauté, ce qui n'empêche
pas que, loin de songer tout simplement à se reconnaître coupable, s'il l'est en effet, il s'applique
d'abord à présenter les objections capables d'anéantir
la poursuite, à récuser, s'il peut tous les quidr de
de son adversaire, et à prévenir ainsi les effets de
l'avis qu'ils pourraient exprimer, à trouver enfin

quelque vice de forme par où l'accusation offre un cas de nullité. S'il ne peut d'aucune façon anéantir les opérations de son adversaire, alors seulement il se détermine à repousser l'accusation en démontrant à sa manière son innocence, et il produit ensuite ses quidr, qui viennent exposer leur avis pour ou contre lui. Le défendeur lui-même n'est pas interrogé ; nul ne tente d'obtenir son aveu, de le convaincre, de lui arracher la vérité.

Chacune des deux parties a plaidé ou plutôt conduit sa cause sur la tête d'un des juges, dit le Grágás ; c'est-à dire que chacun, en prononçant ses formules, s'est adressé spécialement à un des juges du tribunal, et même, à ce qu'il semble, en posant les mains par derrière sur ses épaules ou en se plaçant immédiatement devant lui. Les deux juges auquel on s'est adressé doivent, après que le demandeur et le défendeur et leurs quidr ont été entendus, reprendre la cause et en faire deux résumés, l'un énumérant les formalités remplies, les arguments et les moyens de droit employés par le demandeur, l'autre ceux dont le défendeur s'est servi.

C'est ensuite à l'ensemble des juges nommés par les *godar* à prononcer le jugement, non sans tenir compte, pour former leur avis, de l'opinion exprimée par les quidr. L'unanimité des voix est, comme nous l'avons dit, nécessaire dans tous les tribunaux,

8

excepté le fimtardom. Si, elles se trouvent partagée
également ou divisées suivant plusieurs avis, les ju
ges quittent leurs places et se divisent en groupe
Chaque parti cherche alors, en affirmant que sa pro
pre décision est la bonne, à attirer tous ses collègue
à lui. Si, par ces moyens fort élémentaires, aucu
d'eux ne peut triompher et emporter le vote, un au
tre moyen, tout aussi primitif, est invoqué. Le jug
qui a été rapporteur au nom du demandeur déclar
le défendeur coupable, et c'est une nouvelle expé
rience pour voir combien de ses collègues l'appuie
ront ; mais, aussitôt après, l'autre rapporteur fait l
contre-épreuve en déclarant le demandeur non rece
vable, et l'on voit de nouveau combien de juges vo
tent avec lui. Si le résultat reste le même, le deman
deur et le défendeur se rendent sur la Montagne d
la loi ; chacun d'eux réclame la peine de l'exil con
tre les juges qui l'ont condamné, et la cause est por
tée devant le fimtardom. Dans le cas où les juge
sont unanimes, leur sentence, qui sera souveraine
est *prononcée par un des rapporteurs,* par celui d
la défense si l'accusation est mise à néant, par celu
du demandeur si *la plainte est admise* : « Je pense
« doit-il dire, que nous jugeons bien en jugeant ain
« si, » et il dit la sentence ; *il ajoute* : « *Nous jugeon*
tous de la sorte ; » et tous les juges ses collègues ex
priment leur assentiment. Quelquefois un accord es

conclu en présence du tribunal et sous sa garantie.
Mais très souvent, il est vrai, la violence interrompt le développement de la procédure, et la force
ouverte se substitue à l'action des lois. Le Grágás
prévoit ces cas ; il prononce certains châtiments contre qui troublera, ne fût-ce que par la parole, les
séances des tribunaux ; il frappe de l'exil celui qui les
dispersera par la force, et il veut qu'en pareil cas le
siège légal de l'assemblée soit transporté dans quelque autre lieu désigné par le rapporteur de la plainte, et où la présence de six juges suffira pour que
leur sentence soit valable. Par ces précautions mêmes la loi témoigne combien elle se trouve fréquemment impuissante. Mais c'est ici que le tableau de la
constitution judiciaire de la république islandaise
resterait incomplet sans celui des mœurs. Ouvrons
de nouveau la saga de Nial ; elle déroulera devant
nos yeux, dans leur réalité vivante, une série d'épisodes qui ont eu pour théâtre l'Althing, et dont
l'authenticité, la date, la physionomie entière, n'auront pour nous rien d'incertain ni de suspect. Nous
y verrons en jeu, d'un seul regard, tout le mécanis-
me péniblement décrit par le Grágás ; sur cette trame
ardue le récit de la saga répandra l'intérêt et la cou-
leur d'un drame fidèlement transmis. Empruntons-
lui l'exemple d'une cause criminelle qui donne lieu
précisément à un luxe inouï de formules, d'argu-

ments, de ruses judiciaires, de répliques et de dupliques : tout le développement de la procédure dont nous venons d'esquisser les principaux traits nous y apparaîtra.

Le développement des guerres privées qui divisaient les familles de Sigfus et de Nial avait amené un grand désastre. Les fils de Sigfus avaient mis le feu à la demeure de Nial, et il avait péri dans les flammes avec sa femme Bergthora et ses fils. Kaare, son gendre, y avait cependant échappé. De concert avec ceux des parents de Nial qui n'avaient pas été atteints, il poursuivit les meurtriers devant l'Althing. Il se chargea pour sa part de porter plainte contre Flose, qui avait tué de sa main Helge, fils de Nial. Attachons-nous à cette seule action, et voyons à quelle longue procédure elle donna lieu.

Le demandeur ayant transmis son action à Moerd, habile légiste et puissant par sa clientèle, celui-ci dénonça la cause de la façon suivante : il convoqua neuf quidr, voisins du lieu où le crime avait été commis ; il les appela par leurs noms et leur dit : « Je dénonce Flose Thordsen comme ayant pratiqué « sur Helge, fils de Nial, blessure de tête ou blessu- « re du bas-ventre ou blessure attaquant la moelle, « blessure mortelle et qui a été suivie de mort. » Il devait sans doute se contenter de prononcer ainsi

tout d'abord la formule générale, sauf à préciser
ensuite, dans le cours des débats. Il ajouta : « Je
« dénonce la cause en présence de ces quidr, » et
il les désigna par leurs noms. « Je dénonce dénon-
« ciation légale, je dénonce pour celui qui m'a
« transmis la cause. » Puis il assigna les quidr à se
rendre au prochain Althing, afin d'y déclarer si
Flose Thordsen avait ou non commis le crime dont
il l'accusait. Quand on fut à l'Althing, Moerd se
présenta sur la Montagne de la loi (chapitre CXLII du
texte islandais, p. 229), prit des témoins et dit : « Je
« dénonce l'agression prévue par la loi que Flose
« Thordsen a affectuée contre Helge Nialsen, à qui
« il a fait blessure de bas-ventre ou blessure
« attaquant la moelle, blessure mortelle et qui a
« entraîné la mort ; et je dépose l'avis que, pour ce
« crime, il soit condamné à l'exil, devenant sans refuge,
« sans abri, sans secours d'aucune manière ; ses
« biens étant forfaits, moitié pour moi, moitié pour
« les juges du fiordung de l'Est. Je dénonce cette
« cause criminelle pour être poursuivie devant le
« tribunal auquel, suivant la loi, elle appartient.
« Je dénonce dénonciation légale, suivant la formu-
« le que la loi prescrit. Je dénonce pour la pour-
« suite avoir lieu pendant cette session et le châti-
« ment atteindre pleinement Flose Thordsen. Je
« dénonce la cause qui m'a été légalement trans-

8.

« mise. » Il se tut, dit la saga ; de bouche en bouche on répéta sur la Montagne de la loi que Moerd avait bien et bravement parlé. Il reprit la parole, redit la formule, en s'adressant directement cette fois à Flose ; puis il s'assit. Flose l'avait écouté avec une attention profonde ; l'action était désormais introduite.

Flose, de son côté, avait transmis sa cause à un légiste habile , nommé Eyolf Boelverksen. De retour dans sa tente, Flose lui demanda si, contre l'accusation ainsi posée, il trouvait quelque échappatoire. — « En voici une, répondit Eyolf. Il faut aliéner ton « *godord*, le transmettre à ton frère Thorgils, et te « faire recevoir dans la circonscription d'Askel, fils « de Thorketil. Si ton adversaire n'est pas informé « de ce changement de résidence, il poursuivra de- « vant le tribunal de l'Est au lieu de poursuivre de- « vant celui du Nord, et son action cessera d'être « légale ; tu pourras alors l'accuser toi-même et le « citer devant le fimtardom pour s'être trompé de « tribunal. Si les autres moyens de défense nous « manquent, nous nous servirons de celui-là. » Flose suivit ce conseil sans que la partie adverse en apprît en effet un seul mot, et la poursuite se trouva de la sorte grevée au préalable d'un motif légal de nullité.

Le jour venu où les débats devaient s'ouvrir, on

tira au sort pour savoir dans quel ordre les différents demandeurs seraient entendus, qu'ils eussent une ou plusieurs causes à exposer. Le sort désigna avant tous les autres Moerd, l'adversaire de Flose.

Moerd s'avança devant le tribunal de l'Est, comme il avait annoncé qu'il le ferait. Il prit des témoins : « Je réserve, dit-il, toutes les irrégularités que je « pourrais commettre. Si je dis plus ou autrement « que je ne dois dire, j'aurai le droit de rectifier « mes paroles jusqu'à ce que ma cause soit bien et « légalement instruite. » Il continua en disant : « J'invite Flose Thordsen ou tout homme qui aurait « entrepris sa défense à écouter mon serment, mon « exposition de la cause, et toutes les preuves que « j'ai l'intention de produire contre lui. Je fais cette « invitation légale en présence du tribunal, à haute « voix, de sorte que les juges l'entendent à travers « cet espace. » Puis il dit : « Je fais serment, ser- « ment légal, que je poursuivrai cette cause de la « manière la plus complète, la plus sincère et la plus « légale, et que j'userai, tant que durera cette cause, « de tous les moyens que me fournira la loi. » Il reprit : « J'ai pris Thorod et Thorbioern comme « témoins que je dénonçais, suivant les termes de la « loi, l'agression effectuée par Flose Thordsen « dans le lieu du meurtre, là où Flose Thordsen a « blessé Helge Nialsen d'une blessure au bas-ventre

« ou attaquant la moelle, blessure mortelle qu'a suivie
« la mort de Helge. J'ai déclaré qu'il avait, pour ce
« crime, encouru la peine de l'exil, devenu sans refuge,
« sans abri, sans secours d'aucune manière, ses biens
« étant forfaits, la moitié pour moi, la moitié pour
« les ayant droit du fiordung de l'Est. J'ai dénoncé la
« cause devant le tribunal auquel, suivant la loi, elle
« appartient. J'ai dénoncé dénonciation légale, sur
« la Montagne de la loi, suivant la formule consa-
« crée. J'ai dénoncé pour la poursuite avoir lieu
« dans cette session et le châtiment atteindre pleine-
« ment Flose Thordsen. J'ai dénoncé la cause qui
« m'avait été transmise. Je me suis servi, dans la
« dénonciation de la cause, des mêmes termes que
« je viens d'employer pour son exposition. Cette
« cause entraînant l'exil, je l'expose ici telle qu'elle
« est devant le tribunal de l'Est sur la tête de Jón ici
« présent. » Moerd introduisit alors les quidr qu'il
« avait convoqués. Prenant des témoins, il dit :
« J'invite les neuf quidr que j'ai désignés pour cette
« cause à prendre place à l'ouest du rivage (sur un
« des bords de la rivière Oxará), et j'invite mon ad-
« versaire à dire s'il a des objections à faire valoir
« contre eux. J'en fais l'invitation suivant les termes
« de la loi, en présence du tribunal, et de telle sorte
« que les juges m'entendent à travers cet espace. Je
« prends témoins comme quoi j'ai produit toutes les

« preuves requises. » La partie adverse s'avança
alors ; Eyolf prit des témoins et dit : « Je récuse ces
« deux quidr ; » il les nomma par leurs noms et par
ceux de leurs pères ; « je les récuse par cette raison
« qu'ils sont parents de Moerd qui poursuit la cause,
« motif de récusation prévu par la loi. » Et se tour-
nant vers eux : « Aux termes de la loi, dit-il, vous
« n'êtes pas quidr légaux ; examen légal a été fait de
« vous. Je vous récuse d'après le droit de l'Althing et
« la loi du pays. Je vous récuse dans la cause qui
« m'a été transmise par Flose Thordsen. »

En entendant ces mots, la foule des assistants
s'écria que la poursuite venait de subir un grave
échec, et l'on s'accorda à dire que la défense était
plus habile que l'accusation.

Moerd, embarrassé, envoya demander conseil à
Thorhall, qui avait la réputation d'être fort expert.
Un messager exposa en détail comment Flose paraissait avoir récusé justement deux des quidr.
Thorhall répondit : « Votre cause n'est pas perdue
« pour si peu ; il faut dire à Flose qu'on ne se
« laissera pas imposer par ses tracasseries mala-
« droites ; avec toute sa prudence, Eyolf s'est abusé.
« Pars au plus vite. Que Moerd se présente au
« tribunal et qu'il prenne des témoins de l'illégalité
« de leur enquête ; » et il lui dit en détail comment
il devait se conduire. Après le retour du messager,

Moerd se présenta au tribunal, prit des témoins et dit : « Je déclare illégale l'enquête faite ici par Eyolf, « parce qu'il n'a pas eu égard au vrai demandeur, « mais bien à celui à qui la poursuite a été trans- « mise. » Il se rendit ensuite vers les quidr, fit asseoir ceux qui s'étaient levés pour s'en aller, et les déclara dûment et légalement nommés.

Et tout le peuple prononça que Thorhall lui avait été là d'un bon secours, et que la poursuite l'em- portait à cette heure sur la défense.

Flose dit à Eyolf : « Penses-tu qu'ils aient raison ? « — Oui, répondit-il, et nous nous sommes en effet « fourvoyés. Mais nous allons essayer d'un autre moyen : « Je récuse ces quidr, » dit-il à haute voix, et il les désigna par leurs noms, « parce qu'ils sont « métayers et non propriétaires. Je ne leur recon- « nais pas le droit de siéger dans le tribunal ; une « enquête légale et régulière les a frappés. Je les « récuse d'après le droit de l'Althing et la loi du « pays. »

L'assemblée dit alors que la défense allait mieux à présent que la poursuite ; on donna beaucoup de louanges à Eyolf, et l'on pensa que personne ne pouvait rivaliser avec lui pour la connaissance parfaite des lois.

Informé de ce nouvel incident, Thorhall demanda si ces deux jurés étaient donc des mendiants et en quoi consistait leur avoir. On lui répondit que l'un vivait de la vente des produits de son bétail et qu'il avait des vaches et des brebis, que l'autre possédait le tiers de la terre sur laquelle ils habitaient tous deux, n'ayant ensemble qu'un foyer et qu'un berger. Thorhall dit alors : « Nos adversaires se trompent « encore, et je vais le leur faire voir, malgré les « grands mots d'Eyolf. » Et il expliqua au messager comment on devait procéder. En conséquence, Moerd se présenta devant le tribunal et prit des témoins : « Je déclare irrégulière, dit-il, la nouvelle « enquête faite par Eyolf, à la suite de laquelle il a « récusé deux quidr ayant droit de siéger ici. Tout « homme peut être admis parmi les quidr qui « possède un bien-fonds, même sans aucun bétail, « et de même tout homme qui vit de la vente des « produits de son bétail, quand même il ne possé- « derait pas de terre à donner à loyer. » Là-dessus il alla vers les quidr, les fit asseoir, et leur dit qu'ils étaient légalement élus.

Aussitôt les cris retentirent de toutes parts ; chacun dit que l'affaire de Flose et d'Eyolf allait mal, et l'on convint que la poursuite était supérieure à la défense.

Flose dit à Eyolf : « Est-ce que notre adversaire « est dans son droit ? » Eyolf déclara qu'il ne se sentait pas assez bien instruit pour en décider, et

on envoya demander au président de l'Althing, à
Skapte lui-même, si c'était réellement justice.
Skapte répondit qu'en effet c'était conforme à la loi
bien que peu d'hommes en fussent instruits.

Eyolf ne se découragea pas : « Je récuse quatre
« de ces quidr, dit-il, parce qu'ils ne sont pas les
« témoins les plus voisins du lieu du meurtre. —
« Vous n'êtes plus en nombre légal pour vous
« prononcer, dit-il aux autres, et votre devoir est
« de le déclarer quand on vous appellera devant le
« tribunal. » Eyolf comptait beaucoup sur ce nouvel
argument, et, de bouche en bouche, on répéta dans
l'assistance que la défense paraissait l'emporter sur
la poursuite.

« Voyons, dit Moerd, ce que Thorhall pensera de
« leur nouveau moyen ; ils ne doivent pas se réjouir
« prématurément ; Nial a affirmé plus d'une fois
« qu'il avait instruit Thorhall de telle sorte qu'il se
« montrerait bien, au jour de l'épreuve, comme le
« plus habile jurisconsulte. » On envoya dire à
Thorhall ce qui était survenu. Sans y longtemps
réfléchir, il répondit : « Nos adversaires seront bien
« heureux si cela ne tourne pas à leur honte. Que
« Moerd prenne des témoins et qu'il affirme, sous
« serment, que le plus grand nombre de ses quidr
« sont nommés légalement ; il produira ensuite les
« témoins devant le tribunal, et, de la sorte, il aura

« réservé la cause ; pour chacun des quidr mal
« nommés, il payera trois marcs ; on ne peut le
« poursuivre à ce sujet dans cette cession de l'Al-
« thing. » Conformément à cette réponse Moerd prit
témoins, affirma sous serment que le plus grand
nombre de ses quidr étaient légalement nommés, et
dit qu'il avait de la sorte réservé la cause.

D'une voix unanime, l'assemblée s'écria que
Moerd avançait habilement, mais de Flose et des
siens on disait qu'ils ne commettaient plus qu'erreurs
et qu'illégalités.

Flose demanda de nouveau à Eyolf si Moerd était
dans son droit. Eyolf répondit qu'il ne le savait pas
au juste, et que le président de l'Althing en décide-
rait. Skapte, consulté de nouveau, parla ainsi : « Il
« y a plus de juristes habiles que je ne le pensais.
« Voilà, s'il faut le dire, un dernier argument qui
« est de toutes les façons fort légal, et nul n'y peut
« contredire. Pourtant je croyais être le seul à le
« connaître depuis que Nial est mort ; je savais que,
« de son vivant, lui seul en était instruit. »

Moerd ayant de la sorte écarté toutes les objections qu'on avait dirigées contre les quidr par lui
désignés, il les requit de déposer leur opinon
devant le tribunal. Un d'eux s'avança et prononça
ces paroles, que tous confirmèrent ensuite d'un
commun accord : « Nous avons été convoqués ici,

« dit-il, par Moerd, pour venir déclarer si Flose
« Thordsen a commis contre Helge Nialsen l'agres-
« sion prévue par la loi, dans le lieu du meurtre, là
« où ce même Flose a blessé Helge d'une blessure
« de bas-ventre ou attaquant la moelle, blessure
« mortelle et qui a entraîné la mort d'Helge. Moerd
« nous a requis d'employer tous les termes légaux
« devant le tribunal et tels qu'il appartient à la
« cause. Il nous a requis en vue de la cause qui lui
« a été transmise. Nous déposons donc notre ser-
« ment et notre témoignage d'un accord unanime.
« Nous témoignons contre Flose ; nous le déclarons
« atteint et vaincu. Nous déposons ce témoignage
« devant le tribunal de l'Est sur la tête de Jón, ainsi
« que Moerd nous a requis de le faire. Tel est notre
« témoignage. » Cela dit, le chef des quidr reprit et
déposa encore contre Flose, en se servant de la
même formule que la première fois. Ensuite Moerd
se présenta lui-même, et prit des témoins comme
quoi ses quidr avaient rempli leur office et condamné Flose. Prenant de nouveau des témoins, il
dit : « J'invite Flose Thordsen, ou tout homme
« ayant accepté légalement sa défense, à présenter
« cette défense dans la cause que je lui ai intentée,
« car toutes les preuves requises par la loi de la
« part de l'accusation viennent d'être produites,
« ainsi que tous les témoignages nécessaires. Je me

« réserve les poursuites qui me sembleraient légales
« contre la défense. J'invite légalement, devant ce
« tribunal, à haute et intelligible voix, que les juges
« puissent entendre à travers cet espace. »

« Allons, Eyolf ! dit alors Flose, je me réjouis de
« voir quelle figure feront mes ennemis quand tu
« vas leur opposer ton argument de non-lieu ! »

Eyolf se présenta devant le tribunal et prit des
témoins : « J'ai, dit-il, un argument légal contre
« votre accusation, et le voici : Vous avez à tort
« poursuivi la cause devant le tribunal de l'Est ; ces
« deux témoins attesteront que Flose a transmis son
« *godord* à son frère Thorgils et qu'il s'est inscrit
« dans la circonscription du *godi* Askel. Je prends
« témoins de ce fait pour moi et pour quiconque
« aura besoin de ce témoignage, et je déclare, à
« cause de cela, cette cause non recevable. » Eyolf
répéta une seconde et une troisième fois la déclara-
tion qu'il venait de faire, et il ajouta : « Je dépose
« interdiction légale aux juges de juger dans cette
« cause, par suite de l'argument que j'ai produit
« contre elle. Je dépose interdiction pleine et entière
« conformément au droit de l'Althing et à la loi du
« pays. »

L'argument était valable en effet, et la cause était
perdue pour le demandeur devant ce tribunal ; mais
il la transporta immédiatement au fimtardom, de qui

ressortissaient, nous l'avons dit, les causes de corruption ; il assigna Eyolf et Flose comme coupables
de ce crime : Eyolf, pour avoir accepté un riche
bracelet en vue de cette cause ; Flose pour l'avoir
offert. Le danger était de nouveau fort grand pour
ceux-ci ; Moerd exposa cette nouvelle cause à peu
près comme il avait exposé la première ; il produisit
ses témoins et ses quidr ; le juge rapporteur résuma
tous ses arguments. Flose se croyait perdu ; il se
retourna vers Eyolf : « Quelle ressource nous reste-
« t-il ? » Jusqu'ici Moerd est inattaquable ; mais atten-
« dons un peu ; je pense qu'il va se fourvoyer sur le
« nombre des juges qu'il doit récuser. Il va rejeter
« six des quarante-huit juges ; nous n'userons pas
« du même droit ; peut-être alors oubliera-t-il d'en
« rejeter six autres. Or trois douzaines seulement
« peuvent juger, et non pas trois douzaines et demie.
« S'il commet cette omission, sa poursuite ne
« sera pas valable. » Moerd tomba en effet dans ce
piège, dont il s'aperçut trop tard. Ses partisans et
lui-même perdirent alors patience. Thorhall le
légiste qui l'avait assisté pendant tous le procès,
s'élança de son siège, dit la saga, la lance à la main.
Il courut au tribunal. Il aperçut Grim le Rouge,
parent de Flose, et l'étendit mort. Kaare dit à
Asgrim : « Voilà ton fils Thorhall qui a déjà tué un
« de nos ennemis ; ce serait une honte si lui seul

« avait le courage de venger nos injures ! — Il n'en
« sera pas ainsi, répondit Asgrim ; marchons contre
« eux ! » Au même instant on entendit retentir de
toutes parts le cri du combat. Flose et les siens
étaient déjà prêts, eux aussi, à l'attaque ; chaque
parti s'excitait à bien agir, et la mêlée s'engagea.

Tel est le récit de la saga ; elle nous dévoile à
merveille ce qu'il y avait de rusé et de retors dans
les mœurs juridiques des anciens Islandais, et elle
ne sort pas non plus de la réalité en nous montrant,
comme il arrivait bien des fois, un long procès
terminé tout à coup par la force ouverte, à laquelle
les patients efforts de la loi n'opposaient encore
qu'une barrière impuissante. Nous aurions pu emprunter à la saga, moins facilement toutefois la
narration d'un procès civil ; les affaires criminelles
y abondent davantage, et leurs débats passionnés
nous offraient plus naturellement un tableau du
développement à peu près entier de la procédure
islandaise ; les affaires civiles, sous l'empire de la
coutume et des mœurs, étaient, en général, vidées
assez obscurément dans les juridictions locales ; si
elles arrivaient jusqu'à l'Althing, elles prenaient une
importance qui manquait rarement d'exalter les
passions, d'enfanter quelque guerre privée, et de les
faire dégénérer ainsi en causes criminelles.

On est obligé de reconnaître que les textes qui

précèdent, celui du Grágás et celui de la saga, ne dissipent pas tous les nuages pour qui aspire à comprendre la procédure suivie devant les tribunaux islandais. Par exemple, parmi les moyens de preuve judiciaire invoqués par cette procédure il en est un qu'il est difficile de mettre complétement en lumière et de dégager de tout élément étranger, plutôt sans doute, il est vrai, par suite de la confusion où l'avaient laissé les Islandais eux-mêmes qu'à cause de la difficulté des textes que nous devons interroger. Nous voulons parler de l'institution des quidr comparée à celle des *domar* ou juges, et dont l'obscurité cache peut-être le berceau d'une grande et noble institution, celle du jury.

Comme on l'a vu par ce qui précède, les quidr islandais [1] sont désignés à l'avance par chacune des deux parties entre les voisins pour venir au tribunal dire si l'accusé est ou non coupable. Ils n'arrêtent pas leur opinion d'après un débat contradictoire et sur l'audition de tout ce qui peut contribuer à les éclairer; mais, avant de venir au tribunal, ils peuvent avoir fait pour eux-mêmes une sorte d'enquête, après laquelle ils sont admis à déclarer leur avis. Ceux qu'a nommés le demandeur

1. Le mot vient de l'islandais *kvéda* « dire, prononcer », et se retrouve dans le vieil anglais *quoth he*, dit-il. — La traduction latine du Grágás les appelle *Veridici*.

sont entendus aussitôt après que le demandeur a
parlé. Ceux qu'a nommés le défendeur parlent de
même après lui. Des neuf que le demandeur peut
désigner, ou des douze dans les causes importantes,
le défendeur en peut récuser cinq. S'ils sont unanimes le sort désigne l'un d'entr'eux pour exprimer
leur verdict, le tribunal est tenu de se conformer
absolument à leur avis.

Hors ce cas de l'unanimité des quidr nommés par
les deux parties, leur verdict n'est pas souverain, par
la raison qu'il apporte le oui et le non à la fois. Ici
intervient le rôle des juges, *domar*. Les domar ne sont
pas des magistrats au sens moderne du mot. Ils sont
nommés, on l'a vu, par les *godar*, entre les habitants
du district, comme les quidr entre les voisins du lieu
du crime ; ils sont, comme les quidr, de simples
citoyens requis pour un devoir ou pour un droit
temporaire ; ils n'ont pas plus que les quidr fait une
étude spéciale de la loi ; c'est au *godi* qui préside à
diriger les débats, c'est aux *juris periti* que l'on
consulte à dire les formules et à révéler toutes les
ressources légales ; deux différences séparent seules
les *domar* des quidr : les *domar* sont nommés par le
godi, qui représente la société, les quidr par les
parties elles-mêmes ; en second lieu le jugement des
domar est souverain dans tous les cas, quel qu'ait
été l'avis des quidr.

Évidemment chacune des deux institutions, celle des *domar* et celle des quidr, contient quelques éléments du jury moderne. Les quidr sont pris dans le voisinage, parmi les pairs de l'accusé, et ils doivent se prononcer seulement sur la question de fait, c'est-à-dire sur la culpabilité du prévenu ; le Grágás leur interdit expressément de s'enquérir de la loi elle-même, de ses dispositions particulières dans les cas dont il s'agit, en un mot des conséquences légales de l'avis qu'ils croiront devoir émettre. Ils forment, pour ainsi parler, un jury d'examen.

Les *domar*, de leur côté, sont aussi des pairs de l'accusé, des citoyens non revêtus d'un caractère de magistrature, et leur avis est souverain ; cet avis est un véritable jugement, un véritable verdict. Ils forment un jury de jugement.

Tels sont les éléments divisés qui, en se réunissant, formeront le véritable jury. S'il nous fallait décider laquelle des deux institutions islandaises nous semble avoir été le noyau principal auquel se sont agrégés les autres éléments, nous dirions que c'est l'institution des *domar* qui est devenue le jury. Les juristes, réunis au *godi*, nous ont représenté, dans l'organisation islandaise, un embryon de magistrature ; les *domar* seront devenus les jurés ; les quidr seront descendus au rôle de simples témoins ; les témoins islandais enfin auront été remplacés, quand l'écriture sera devenue d'un usage familier, par les actes publics dont ils tenaient simplement lieu. La transformation complète ne s'est peut-être accomplie pour la première fois que sur le sol de l'Angleterre moderne.

Nous venons d'étudier dans la procédure islandaise un premier moyen de preuve judiciaire et légale. Il y en avait un autre, que les mœurs avaient introduit ; nous voulons parler du combat singulier ou du duel. Fondé primitivement, comme le jury naissant, sur des sentiments tout modernes, sur la susceptibilité de l'honneur, sur le mépris de la vie, sur une confiance naïve dans une justice divine, le duel a fait, comme le jury, son chemin dans les sociétés germaniques, où il survit encore. Imposé primitivement par les mœurs à la loi, celle-ci s'en est emparée et l'a transformé d'abord en une institution, c'est-à-dire qu'elle en a fait une digue contre de plus grands désordres, jusqu'à ce qu'une meilleure discipline sociale lui permît de répudier un remède devenu lui-même un danger.

Le duel nous apparaît ainsi dans les plus anciens souvenirs du Nord comme un certain adoucissement à la rudesse générale. Alors même que, sous sa forme primitive, il semble au premier abord, ne reproduire que l'exercice de la force brutale, il reconnaît cependant lui-même certaines lois au nom

9.

des sentiments que nous énumérions tout à l'heure.
Dès la prise de possession du sol islandais, et
d'après les témoignages du Landnama Bok, nous
assistons à la période informe de son premier
développement : « Halkel somma Grim de lui céder
« son domaine ou d'accepter le combat. Grim se
« battit et fut tué, et Halkel habita désormais dans
« ce domaine. » — « Bioern le Noir, dit une saga,
« vint trouver Are fils de Thorkel, et lui posa ces
« conditions : ou de venir se battre en duel avec lui
« dans une petite île de Surnadal, ou de lui céder sa
« femme. Trois nuits après ils combattirent. Are fut
« tué.... » Et la femme, comme tout à l'heure le
domaine, devint légalement la propriété du vainqueur. Il semble bien ici, on doit l'avouer, que le
droit du plus fort s'est érigé en loi au mépris de
toute justice ; il faut remarquer cependant que
l'agresseur s'est reconnu obligé d'accepter un
certain péril et de s'exposer lui-même en s'inter-
disant la ruse. Bientôt, d'ailleurs le duel revêt,
chez les peuples germaniques, un caractère de
générosité qu'il emprunte à un sentiment de l'honneur plus vif et plus délicat que les anciens ne
l'avaient connu.

« C'était alors la loi, dit la saga de Gunlaug, en
« parlant du commencement du XIe siècle, que tout
« homme outragé par un autre exigeât de celui-ci le

« combat singulier. » Certaines injures n'obtenaient
pas d'autre réponse, et la loi elle-même recon-
naissait pour infâme celui qui se refusait à
une pareille satisfaction. Le duel était invoqué
dans les causes civiles aussi bien que dans les
causes criminelles. Au chapitre VIII de la saga de
Nial, la femme de Hrut ayant quitté son mari,
Mœrd, son père, vient à l'Althing, et, du haut de la
Montagne de la loi, redemande la dot : « Tu ne la
« tiens pas encore, lui répond Hrut en présence de
« tous ceux qui assistaient à l'Althing. Je prends à
« témoin tous ceux qui sont ici présents que je te
« provoque en duel, et que la dot sera l'enjeu. Bien
« plus, j'ajoute une somme égale, et toutes les deux
« ensemble seront le prix du vainqueur. Si tu
« refuses de combattre, tu n'auras plus aucun droit
« sur ce que tu me demandes. » Après avoir
« entendu ces paroles, Mœrd consulte ses amis, et
« l'un des *godar* lui répond : « Tu n'as pas besoin de
« beaucoup de conseils ; tu sais que, si tu combats,
« tu perdras la dot et la vie, car la cause de ton
« adversaire est excellente et c'est le plus brave des
« hommes. » Cependant la multitude s'est aperçue
« que Mœrd refuse de combattre ; de grands cris,
« mêlés d'injures, viennent l'assaillir aux pieds de
« la Montagne de la loi, et toute l'affaire tourne à sa
« honte. » — Au chapitre LXVI de la saga d'Égil, vers

« l'année 934, Égil et Atle se disputent une part
« d'héritage. Atle s'apprêtant à prêter serment
« devant le tribunal, Égil l'interrompt en disant :
« Je ne recevrai pas ton serment. J'invoque d'autres
« lois : nous combattrons ici tous les deux, dans le
« thing même, et le vainqueur restera en possession
« de l'héritage. » — « Égil avait raison, ajoute la
« saga ; c'était un vieil usage et une loi que tout
« plaideur eût le droit de s'en référer au com-
« bat singulier, qu'il fut demandeur ou défendeur,
« Atle répondit qu'il n'était pas pour récuser cette
« offre, qu'il aurait pu faire le premier. Ils joigni-
« rent leurs mains et confirmèrent ainsi leur mutuel
« engagement avec la condition qu'ils avaient sti-
« pulée. »

Nous avons dit que le duel avait eu, dès les
premiers temps de la civilisation du Nord, des
règles qui s'étaient transformées en de véritables
lois. Les sagas ne manquent pas de nous en
instruire : le rendez-vous était assigné d'ordinaire
trois nuits à l'avance ; le lieu était une petite île,
telle que les golfes, les fleuves ou les lacs de
l'Islande en offraient en grand nombre ; de là le
terme qui désignait les combats singuliers, *holm-
ganga*, c'est-à-dire l'aller dans une île. Les défis
survenus au milieu de l'Althing se vidaient ainsi
dans l'île de la rivière Oxará, depuis les premiers

temps de la colonisation islandaise. Si les deux adversaires arrivaient d'avance, ils élevaient des tentes et dormaient l'un auprès de l'autre, sans craindre aucune surprise. On marquait le champ du combat par des baguettes de coudrier fichées en terre ou par une peau de bête ou un tapis étendu sous les pieds des deux combattants ; celui qui sortait pendant l'action de ces étroites limites avouait sa défaite ; pour une espèce particulière de duel appelé *kerganga*, un vaste baquet servait de champ clos. Avant de combattre, on récitait les lois du duel ; chacun visitait l'épée de son adversaire, afin de s'assurer qu'elle ne dépassait pas la longueur légale, et qu'elle n'avait pas quelque vertu magique ; chacun prononçait ensuite contre l'autre de terribles menaces, ou le prenait en pitié en insultant à sa faiblesse et en lui promettant le châtiment prochain qu'il avait mérité ; ils essayaient ainsi de s'intimider mutuellement. Celui qui avait été provoqué portait le premier coup. Si l'un des deux voulait renoncer au duel, il livrait son épée ; les braves jetaient à terre pendant le combat leurs boucliers ; mais souvent, au contraire, un esclave ou un ami parait de son bouclier les coups destinés de part et d'autre ; souvent aussi chaque adversaire était assisté de de plusieurs combattants. Les témoins ne faisaient sans doute jamais défaut dans un temps où ces

combats rapportaient de l'honneur, aux yeux mêmes
de la loi, qui en acceptait les résultats, et quand les
familles épousaient les querelles de leurs membres.
Les sagas montrent ces témoins presque toujours
présents, sans dire si leur présence était rigoureusement nécessaire. Le premier sang pouvait terminer
le combat ; le vaincu payait une amende ou aban-
donnait l'objet en litige, qui appartenait dès lors
légalement au vainqueur. On voit celui-ci tantôt
obligé de pourvoir à la sépulture du vaincu qu'il a tué,
tantôt lui couper la tête et s'en faire un trophée. Si
le combat se soutient à forces égales pendant tout le
jour, on l'interrompt à la tombée de la nuit, on boit
et on dort ensemble, et on recommence le lendemain.
S'il persiste tout ce jour encore, et que finalement
il n'y ait pas de vaincu, on conclut un accord légal,
qui n'a plus rien de moins honorable que le combat
lui-même, et l'on devient inséparables amis. Si, au
contraire, l'un des deux est un lâche, et que par
exemple, il ne vienne pas au rendez-vous ou bien
qu'il emploie la ruse, non-seulement il est traité
légalement comme vaincu, mais, en outre, son
adversaire élève contre lui le *nidstang* ou bâton
d'infamie, tantôt représentant sa figure même
sculptée dans le bois avec des runes exprimant le
mépris, tantôt surmontée d'une tête d'animal, signe
à la fois d'insulte et de malédiction ; celui qui a été

l'objet de cette dénonciation publique n'a plus qu'à fuir, car chacun a droit de le frapper.

Quelques indices peuvent nous faire penser que le duel avait eu primitivement et qu'il garda long-temps chez les Islandais un caractère religieux : la saga d'Égil[1] et celle de Kormak[2] ne sont pas les seules à attester qu'on amenait près du champ clos un bœuf, dont le vainqueur, aussitôt le combat terminé, abattait la tête. Ce bœuf était appelé le bœuf du sacrifice, *blót-naut*. Le tapis qu'on éten-dait sous les combattants était attaché par des pieux nommés *tiosnur*, dont l'extrémité représentait une tête humaine ; celui qui préparait le champ clos devait se servir, pour cette cérémonie, d'un rite consacré : il devait aller d'un pieu à l'autre, en marchant à reculons et en prononçant les paroles sacramentelles dont on se servait dans l'espèce de conjuration magique appelée *tiosnublót*. On retrouve des détails analogues dans les nombreuses histoires de sorcellerie que les sagas rapportent. Enfin les combattants avaient souvent recours, avant le duel, aux conseils et aux expédients de ceux que les monuments écrits pendant l'époque du christianisme appellent leurs magiciens et leurs sorciers. Ils avaient même un dieu spécial, Ulr, fils de Thor, à

1. C. LXVIII, p. 225, Petersen.
2. Kormak Saga 10, p. 290, Petersen.

qui, suivant l'Edda, les duellistes faisaient des
vœux. Le bœuf abattu au sortir du combat pouvait
être un sacrifice soit d'actions de grâces envers ce
dieu, soit d'expiation envers le génie du lieu ou
envers les mânes du vaincu. C'est, d'ailleurs, l'occasion de rappeler que le bœuf, suivant les superstitions islandaises, figurait au nombre des êtres dont
les spectres gardaient les tombeaux.

La saga de Gunlaug nous a rapporté, dans un
curieux récit, à quelle occasion l'usage du duel fut
aboli en Islande. « Un jour, pendant la session de
« l'Althing, Gunlaud, qui était récemment revenu
« de Norvége, s'avança au milieu de l'assemblée et
« demanda la parole : « Rafn, fils d'Aunund, est-il
« ici? » dit-il. Rafn lui-même répondit à son appel.
« Tu n'as pas oublié, reprit Gunlaug, qu'en acceptant
« ma fiancée pour femme tu m'as offensé. En consé-
« quence, je te provoque ici même, pour le troisième
« jour, dans l'île de l'Oxará, en combat singulier. —
« Je t'attendais, dit Rafn, je suis prêt et j'accepte. »
« Les parents des deux adversaires furent fort trou-
« blés en entendant ces paroles ; mais, nous l'avons
« dit c'était alors conforme à la loi que celui qui se
« croyait offensé provoquât de la sorte son rival.
« Trois jour après, Gunlaug se rendit dans l'île,
« accompagné de son père, Illugi le Noir, et d'une
« foule armée ; Rafn vint aussi avec son père et de

« nombreux parents ; Skapte, alors président de
« l'Althing, était avec lui. Dès que Gunlaug eut mis
« le pied dans l'île, il récita ces vers : Ile voisine de
« l'Althing, salut ! me voici prêt à descendre dans
« ton arène ; que l'issue soit heureuse au poëte et à
« l'épée flamboyante du poëte : c'est ma prière.
« Qu'il me soit donné de fendre jusqu'aux dents et de
« séparer du tronc par le tranchant du glaive la tête
« du monstre qui se repaît des charmes de la belle
« Helga. » Rafn répondit par ces autres vers : « L'es-
« prit prophétique ignore auquel des deux poëtes la
« fortune sourira. La faux qui tranche est aiguisée ; le
« glaive est tiré pour la moisson du sang. Helga la
« belle, destinée à pleurer, ou fiancée son fiancé, ou
« veuve son époux, apprendra avec admiration les
« grands coups du combat, dont la renommée se
« répandra dans l'Althing. » Hermund frère de Gun-
« laug, lui devait tenir son bouclier ; Sverting, fils
« d'Hafr-Bioern, tiendrait celui de Rafn. Le premier
« blessé pourrait racheter sa vie pour trois marcs.
« Rafn, ayant été provoqué, dut commencer. Dès le
« premier coup son épée, engagée dans le bouclier
« de Gunlaug, blessa légèrement son rival, mais
« échappa de sa main. Aussitôt la foule des parents
« d'intervenir ; mais Gunlaug : « je le déclare
« vaincu, s'écrie-t-il, car il est désarmé. — C'est
« toi plutôt, s'écrie Rafn puisque tu es blessé. »

« — Gunlaug furieux soutenait qu'il n'y avait
« rien de fait encore et qu'il fallait recommencer ;
« mais Illugi, son père, s'y opposait. On les força de
« se séparer et chacun retourna vers sa tente. Le
« lendemain le lôgretta publia une loi nouvelle
« abolissant le duel en Islande, sur le consentement
« unanime de tous les chefs les plus puissants et de
« tous les hommes les plus sages du pays. Ce duel
« de Gunlaug et Rafn fut le dernier qu'on vit dans
« l'île. » Tel est le récit de la saga de Gunlaud ; il
serait facile d'établir, par une comparaison avec les
différents témoignages des sagas, que cette réforme
importante fut accomplie pendant l'année 1011 ; la loi
qui introduisait les épreuves judiciaires ou ordalies,
telles que le moyen âge les pratiqua suivant le droit
ecclésiastique, celle du fer brûlant par exemple, fut
une de celles que les Islandais reçurent sous les
auspices d'Olaf le Saint, roi chrétien de la Norvège [1],
peu d'années après l'abolition du duel et peut-être
pour le remplacer.

Ce n'était pas que les anciens Islandais n'eussent
eu, pendant le paganisme, aucune sorte d'épreuve
judiciaire. Voici un curieux épisode de l'histoire du
droit privé, raconté par la Laxdaela saga, au chapitre
XVIII, et qui démontre qu'ils employaient aussi ce

1. V. la note 101 à la saga de Gunlaud, Hafniæ, 1775, in-4,
p. 158 sq. Cf. l'*Histoire ecclésiastique de l'Islande* de F. Johannæus.

moyen de faire la preuve devant leurs tribunaux. Un riche propriétaire, nommé Thorstein, s'embarque un jour avec sa famille pour transporter sa demeure sur un autre point de la côte islandaise. Il fait naufrage ; un seul homme, qui faisait partie de l'équipage, Gudmund, atteint le rivage et raconte le désastre. Aussitôt Torkil, qui avait épousé une parente de Thorstein et qui convoitait la totalité de son héritage, vient trouver ce Gudmund et s'entend avec lui. Le lendemain, en présence de nombreux témoins, il interroge Gudmund et l'invite à raconter comment s'est accompli le désastre. Gudmund affirme alors que Thorstein a succombé le premier, puis son gendre Thorarin ; Oska fille de Thorstein, est devenue l'héritière ; Oska s'est noyée après tous les autres, et l'héritage revient ainsi à Torkil, par sa femme sœur d'Oska. Tel est le récit que Torkil a dicté. Malheureusement il se trouve que Gudmund, avant de conférer avec lui, a parlé d'autre façon ; on compare ses deux narrations, et les soupçons commencent ; finalement les collatéraux de Thorstein lui redemandent la moitié de l'héritage ; il refuse, et offre de se soumettre à l'épreuve judiciaire. L'épreuve consistait alors, pour celui qui, étant accusé, voulait démontrer son innocence, ou bien pour celui qui voulait prouver ce qu'il avait avancé, à passer, comme on le disait, sous le gazon. Une bande de gazon était

découpée sur le sol ; cette motte de terre oblongue
était érigée en arcade, ses deux extrémités restant
fixées à terre ; il fallait passer sous cette arcade,
d'une hauteur convenue, sans la renverser ; les
païens attachaient à cette épreuve autant d'importance que les chrétiens d'aujourd'hui, dit la saga, à
leurs ordalies. La Vatnsdaela saga nous apprend
que, pour rendre l'épreuve plus sévère, on érigeait
quelquefois une série de trois arcades, l'une s'élevant
jusqu'à la hauteur des épaules, la seconde jusqu'à
la hanche, la troisième n'allant que jusqu'au milieu
des cuisses ; il fallait, en passant par-dessous, n'en
faire tomber aucune. Suivant la saga de Gisle Surs-
soen, une lance ou un javelot d'une certaine longueur
soutenait le sommet de la pyramide. Très-probable-
ment ce genre d'épreuve, fort ancien, n'était plus
fréquemment usité au temps du Grágás, puisqu'il
n'en parle point, et il semble même, d'après la fin
du récit de la Laxdaela saga, qu'il n'obtenait plus, de
la part des Islandais, une très naïve créance. « Tor-
« kil savait bien, dans sa conscience, que le récit de
« Gudmund n'était pas conforme à la vérité. Aussi
« recourut-il à la ruse. Par son ordre deux hommes
« feignent de se quereller au moment où l'épreuve
« commence, en gesticulant, ils renversent la bande
« de gazon. Aussitôt Torkil et ses amis de soutenir
« que l'épreuve eût sans cela, réussi, et de réclamer

« l'assentiment des juges. Finalement Torkil resta
« en possession de toute la fortune, excepté les im-
« meubles, qui n'en constituaient pas la meilleure
« partie. » C'était ce qu'on appelait l'épreuve du
iardarmen ou *de la bande de gazon*, fondée, sans
aucun doute, sur les mêmes sentiments qui servirent
plus tard de base aux épreuves du moyen-âge
chrétien.

Si le Grágás ne parle pas du *iardarmen*, c'est probablement parce que cet usage judiciaire commençait à disparaître de son temps, devant les formes
chrétiennes, comme avait disparu le duel judiciaire
lui-même ; la ruse sceptique de Torkil, dans le récit
de la Laxdaela saga que nous venons de résumer,
pourrait bien être regardée comme marquant la
transition entre les deux époques.

Entre toutes les preuves judiciaires enfin, le serment ne devait pas être le moins honoré chez les
peuples qui, comme nous l'avons vu, avaient le
sentiment de l'honneur et le respect de la dignité
humaine. En dehors même des tribunaux, l'intervention du serment était fréquente chez les anciens
Islandais pour consacrer soit des engagements
d'amitié réciproque, soit des vœux héroïques. Mais
c'était en justice surtout qu'une grande place lui
était réservée ; il tenait lieu, en bien des cas, de
dernier argument légal. Nous avons vu la loi d'Ulfliot

le prescrire devant les tribunaux avec une formule et des apprêts tout religieux. La saga de Viga-Glum nous montre un prévenu obligé, pour se justifier, d'aller déposer dans les trois temples du district le serment qui doit garantir légalement son innocence. Tous ces témoignages et beaucoup d'autres que la lecture attentive des sagas pourrait fournir, se rapportent à un temps où la justice et la religion étaient encore étroitement unies. Dans le Grágás le serment nous apparaît comme un instrument indispensable de toute procédure, de sorte qu'une plaidoirie n'est pas valable, s'il ne l'a pas à l'avance autorisée. Bien plus, c'est une formalité que doivent accomplir et les juges et les quidr et les témoins. Nous l'avons vu appliqué de la sorte dans les citations que nous avons faites de la saga de Nial et du Grágás pour rendre compte de la procédure islandaise. Ici encore il revêt des formes religieuses ; mais ces formes sont empruntées désormais au culte chrétien et non plus au paganisme.

Nous avons dit que la procédure islandaise ne comportait aucun interrogatoire du prévenu, aucune tentative pour obtenir de lui un aveu. C'est dire que les moyens de preuves comme la torture et la question n'y étaient point en usage. Le Grágás mentionne une seule fois la question : c'est contre la femme qui, devenue mère en dehors du mariage, ne veut pas nommer le père de son enfant. Encore le Grágás recommande-t-il que la question soit donnée à la coupable en présence de cinq voisins, et de telle sorte qu'il n'en résulte aucune blessure, et même que la peau n'en devienne pas noire ou livide ; douceur intéressée sans doute, la famille offensée ne voulant pas que la femme meure et que son enfant reste entièrement à sa charge. Il est bien entendu, d'ailleurs, que la question et la torture étaient permises, au temps du paganisme, contre les esclaves, placés là comme partout en dehors du droit commun.

Tels sont les moyens de preuves que la procédure judiciaire employait chez les anciens Islandais, et tels sont les traits principaux qui la caractérisent elle-même. C'est la procédure d'un peuple jeune et qui ne connaît pas familièrement l'écriture, mais d'un peuple à l'esprit éristique et formaliste, et assez avancé pour substituer déjà, en beaucoup de cas, la loi à la coutume. D'une part la nécessité de recourir sans cesse à la mémoire, de l'autre une naïveté de mœurs encore primitive et une tournure d'esprit et de langage aisément poétique ont empreint les formes de cette procédure de fortes couleurs, qu'ont reflétées à nos yeux des usages nationaux d'une originalité vive et d'éloquentes formules. Quant au fond, nous avons vu cette procédure animée des sentiments et des idées qui distinguent les fortes races. Il sera facile, en étudiant la pénalité islandaise, puis la condition de la femme et de la famille en Islande, de montrer sous un nouveau jour ce respect de la dignité humaine et ce sentiment de l'honneur dont on a pu distinguer dans les premières institutions de ces peuples l'incontestable présence.

En résumé, nous avons essayé, dans cette première série d'observations sur l'ancien paganisme islandais, qui reproduit fidèlement l'ancien paganisme scandinave, de rendre compte des idées et des mœurs sous l'empire desquelles s'est fait l'établissement de ces peuples, puis de retracer le plus ancien développement de leurs institutions politiques et judiciaires que l'histoire puisse distinguer. Sans essayer encore de comparer les institutions ultérieures de l'Europe occidentale, nous nous sommes proposé cependant d'offrir un tableau qui pût compléter çà et là ou interpréter certaines antiquités communes des peuples germaniques ou anglo-saxons et scandinaves. C'est ainsi que nous avons saisi déjà, peut-être dans leurs formes élémentaires, et la royauté et le mâl et quelques traits de la procédure des Germains. Sans doute c'est la primitive enveloppe du duel avant que les mœurs et l'esprit modernes l'aient entièrement constitué, et c'est l'embryon du futur jury que le Grágás et les sagas nous ont laissé entrevoir. Tout au moins y avait-il un intérêt particulier à décrire, sous le double point de vue politique et judiciaire, les mœurs et les institutions de peuples qui sont venus, pendant le ixe et le xe siècle, se mêler aux premiers développements de la société européenne, comme aussi à rappeler cette petite et énergique société islandaise dont nos livres d'histoire générale ignorent, ou peu s'en faut, l'existence. Combien peut-être de ces foyers épars où l'intelligence humaine s'est vivement exercée, non sans l'appui d'une solidarité constante avec quelqu'une des grandes races historiques ont cependant disparu du souvenir des hommes, bien que leur date ne soit pas très reculée. La science doit compter au nombre de ses plus utiles services de restituer quand elle le peut leurs titres.

FIN

APPENDICE

I

De la pénalité dans les lois islandaises.
Du Vehrgeld. — De la proscription. — De l'exil.

A la base de la société des peuples germaniques, comme dans la plupart des sociétés primitives, nous trouvons la vengeance comme un droit reconnu. Elle se convertit en devoir quand il s'agit de venger un parent, un allié, un ami, un serviteur, un de ceux qui dépendent de la *famille*. Le premier effort de la civilisation sera de chercher un moyen de rétablir la paix. La coutume bientôt réglée par la loi offrit celui de la composition : le prix offert pour la victime, qui est à la fois une amende et un dédommagement. Tous les codes d'origine germanique ont connu ce genre de pacification. C'est le vehrgeld. Voyons ce qu'il fût en Islande.

L'origine même du mot qui, dans les langues germaniques, désigne l'or et l'argent monnayé, *geld,* paraît être l'idée de compensation et d'expiation contenue dans le mot *gelten, vergelten.* De même les anciens Latins employèrent les animaux, *pecudes,* comme victimes *d'expiation* avant de désigner la monnaie par le mot *pecunia,* et de même aussi le mot qui signifie *amende* dans plusieurs langues anciennes ou modernes et dans la nôtre même a désigné primitivement *amélioration* et *réparation*.

Les sagas et le Grágás paraissent ne pas connaître sous sa désignation ordinaire cette institution germanique, ils la montrent cependant sous sa forme primitive, sous celle d'une pure et simple amende, dont le taux n'est pas encore fixé par la loi, et dont la coutume fait par conséquent un châtiment plus ou moins sévère, présentant un caractère de moralité dont est dépourvu le vehrgeld fixé et matérialisé tel que nous le rencontrons dans ce qu'on appelle les lois barbares. C'est là un trait curieux de l'histoire du droit pénal islandais que quelques citations des sagas ou du Grágás suffiront à faire ressortir. Ces monuments sont les seuls, croyons-nous, qui nous fassent connaître l'arbitrage germanique dans sa forme primitive.

On voit clairement d'abord dans les sagas, surtout dans les plus anciennes, que la composition ne paraissait pas acceptable pour la mort d'un très proche parent ; elle eût passé en ce cas pour une honte ; un fils venge son père, un père venge ses fils, il ne vénd pas leur honneur et le sien : « Je ne veux pas porter mon fils dans ma poche, » répond Thorstein le blanc à celui qui a tué son fils dans une querelle cinq ans auparavant et qui lui offre une somme d'argent pour échapper à sa colère.

En second lieu le taux de la composition est primitivement, avons-nous dit, fort variable. Si les deux parties consentent à la paix, elles prennent des arbitres, par qui la somme est fixée suivant l'appréciation des circonstances. Quelquefois ces arbitres répondent eux-mêmes pour le coupable, et contribuent à faire la somme, sauf sans doute à se faire rembourser par l'individu ou par la famille dont ils ont de la sorte payé la sécurité. C'est un honneur à faire à l'offensé que de s'en rapporter à lui ou aux siens pour une telle décision ; c'est ce qu'on appelle le *Sialfdemi*, c'est-à-dire le jugement par soi-même. Ou bien, par une déférence de l'offensé, c'est au contraire l'offenseur dont l'offre est acceptée.

Ces différents modes de procéder se retrouvent dans la saga de Nial. On y remarque d'abord, avec quelle facilité des meurtres considérés comme à peu près indifférents étaient effacés par une prompte composition entre les deux amis, Nial et Gunnar. Mais elle offre aussi de curieux exemples d'arbitrages fixant à des taux divers les compositions suivant la diversité des circonstances. — La haine de deux femmes (voir page 93) suscite une suite de meurtres ; à celui de Svart, serviteur de Nial, répond celui de Kol, serviteur de Gunnar ; pour Svart, Gunnar a payé trente marcs d'argent ; pendant la session de l'Althing, il apprend, sans surprise, le meurtre de Kol, et Nial lui offre en compensation la somme même, enfermée dans la même bourse, qu'il avait reçue de lui ; la saga fait remarquer qu'il l'avait apportée par prévoyance. Le meurtrier de Kol paiera à son tour de sa vie le crime auquel il a été poussé ; mais il a son orgueil particulier à satisfaire et, avant de s'engager dans ce jeu sanglant, il a exigé la promesse que s'il y périt on paiera pour lui le prix d'un homme libre. Lorsque Gunnar, soucieux avant tout de maintenir son amitié avec Nial, vient lui annoncer ce nouveau meurtre et lui offrir compensation, Nial l'avertit qu'il est forcé de lui demander la rançon d'un homme libre. Gunnar dit que c'est bien, lui serre la main en signe de paix et lui compte cent onces d'argent. — La série des meurtres n'est pas finie : c'est un parent d'Halgerda, la femme de Gunnar, qui tombe cette fois ; Gunnar déclare que ce n'est pas une grande perte car il avait des raisons de s'en défier ; cependant il accepte les cent onces d'argent que lui offre Nial, car c'était un homme libre.

L'importance des meurtres ira encore croissant avec la haine des deux femmes, haine que partagent bientôt leurs fils et leur parenté ; Gunnar et Nial essayant toujours, au moyen du vehrgeld, de ramener la paix et de conserver leur amitié au milieu de

ce tourbillon de violences. C'est maintenant le père
nourricier des fils de Nial qui est tué dans un lâche
guet-à-pens. Quand Gunnar l'apprend il déclare que
rien ne pouvait lui sembler pire. Aussitôt il va
trouver Nial : « J'ai une dure nouvelle à t'apprendre,
lui dit-il, la mort de Thord et je viens t'offrir la
composition d'un homme libre. Nial resta silen-
cieux un moment, puis dit : C'est honorablement
offert et je l'accepte..... Je ne veux pas qu'une
brèche soit faite à notre amitié par ma faute, mais
mes fils me blâmeront. — Veux-tu qu'un d'eux soit
présent à notre accord ? dit Gunnar. — Non, car il
refuserait d'y consentir ; et ils respecteront la foi
jurée. Deux cents marcs d'argent, voilà ma sentence, trouves-tu que c'est trop ? — Non pas, dit
Gunnar », et il lui remit la somme.

L'auteur de ce dernier meurtre, Sigmund, est
parent de Gunnar lui-même, mais c'est Halgerda
qui l'a attiré dans la maison de Gunnar et en a fait
son favori. Se fiant à la sorte d'impunité que lui
vaut ce dernier accord, et toujours excité par Halgerda, il insulte publiquement Nial et ses fils, par
des chansons satiriques qui circulent dans le pays.
A ce nouvel outrage les fils de Nial ne se possèdent
plus et tuent Sigmund (voir page 95). Cette fois
Gunnar ne réclame pas, tenant que la vengeance est
méritée. Trois années se passent, les deux amis ont

cessé de se voir pour éviter les occasions de rappro-
chements entre leurs familles. Cependant ayant des
difficultés dans une affaire judiciaire Gunnar se
décide à aller trouver Nial, son conseil habituel ;
Nial éclaircit la difficulté, puis prenant Gunnar par
la main : « Combien y a-t-il de temps que ton parent
Sigmund est tombé sans qu'aucune amende n'ait
été payée pour lui ? — Il y a longtemps et je n'y
pense plus ; cependant je ne refuserai pas l'honneur
que tu m'offres ». Et la composition fut fixée à deux
cents marcs d'argent qui furent remis aussitôt.

Dans la suite de la saga, après la mort de Gunnar,
nous trouvons un exemple du vehrgeld, réglé cette fois
non plus de gré à gré, mais judiciairement. Les fils
de Nial ayant tué Hauskuld, celui qui avait été élevé
à la dignité de *gode*, Nial parut à l'Althing et, comme
l'assemblée allait finir, il prit la parole et proposa un
accord. Les fils de Sigfus parents de la victime acceptèrent. Flose, l'un deux, et Nial nommèrent chacun
six arbitres ; Nial et Flose se donnèrent la main et Nial
accepta à l'avance au nom de ses fils tout ce que ces
arbitres décideraient. L'assemblée tout entière, dit la
saga se réjouit de cette issue pacifique, et il fut décidé
que les arbitres siégeraient dans le *lôgretta*. La foule
se retira pour les laisser seuls. Quand ils furent
entre eux, Snorre le Gode, un des arbitres nommés par Nial, parla ainsi : — Nous voici douze juges

assemblés à qui l'on a confié cet arbitrage. Je vous adjure tous de ne point mettre obstacle à ce qu'un accord soit conclu. — Gudmund le puissant, nommé aussi par Nial, lui demanda : Méditez-vous de prononcer quelque sentence de bannissement soit du district, soit du pays ? — Non, répondit Snorre ; car cela enfante bien souvent de tristes conséquences, des inimitiés et des meurtres ; mais j'infligerai de telles amendes que jamais meurtre n'aura été plus chèrement expié. — Tous applaudirent à ces paroles. Ils commencèrent à délibérer. Ne pouvant s'accorder pour savoir qui fixerait le premier le chiffre de l'amende, ils tirèrent au sort et Snorre fut désigné. Snorre dit : Je fixe l'amende à la triple composition d'un homme libre ou six cents en argent ; vous pourrez modifier ce chiffre si vous le trouvez trop élevé ou trop faible. — Ils répondirent qu'ils l'acceptaient. — J'ajoute, continua-t-il, cette condition que toute la somme sera payée ici au thing même. — Ce sera difficile, dit Gissur le blanc, car les parties n'auront pas apporté tout l'argent nécessaire. — A cela Gudmund reprit : je sais ce que veut Snorre ; il veut que nous autres arbitres nous contribuions chacun selon notre bon vouloir, et plus d'un d'entre nous y consentira. — En entendant ces paroles, Hall de Sida, gendre de Flose, remercia Gudmund, et déclara qu'il con-

tribuerait lui-même autant que celui qui donnerait
le plus, et tous les autres appuyèrent la proposition
de leur assentiment. Ils se séparèrent alors en
convenant que Hall de Sida proclamerait leur
décision sur la Montagne de la loi. On sonna et la
foule s'y rendit. Hall de Sida se leva et dit : nous
sommes tombés facilement d'accord dans l'examen
de la cause qui nous avait été confiée. Nous avons
conclu à six cents d'argent. Nous, arbitres, nous en
paierons la moitié ; car tout sera payé d'une fois au
thing. Mais c'est mon désir et ma prière, je les
adresse à toute l'assemblée, que chacun des
assistants y contribue pour quelque chose. Tous
répondirent affirmativement. Hall prit des témoins de
la sentence rendue, afin que désormais personne ne
pût s'élever contre elle, et Nial remercia les arbitres.
Les assistants s'étant alors retirés dans leurs tentes,
les arbitres réunirent dans le cimetière de Thingvalla les sommes qu'ils avaient promises. Les fils de
Nial apportèrent de leur côté ce qu'ils avaient sous
la main, un cent d'argent. Nial donna ce qu'il avait
et ce fut le second cent. Tout cet argent fut ensuite
porté au lôgretta, où d'autres personnes de l'assistance complétèrent la somme.

Cet exemple de composition est fort curieux. On
y voit les amis des deux parties s'accorder d'une
part à infliger une amende très forte en signe de

châtiment, mais s'offrir ensuite d'eux-mêmes et inviter l'assistance à y contribuer en vue de la paix publique et en considération de Nial, universellement respecté. Double preuve du caractère de moralité inhérent à une expiation qu'un arbitrage loyal graduait suivant les circonstances du meurtre et l'importance de la victime, et dont une intéressante solidarité partageait le fardeau.

Le taux de la composition avait été triple pour venger Hauskuld qui était *gode* ; il en fut de même après le meurtre de Nial et l'incendie de sa maison. Pour compenser le double crime commis envers un tel personnage, on nomma d'un commun accord douze arbitres ; les meurtres commis furent compensés également, chacun en effaçant un autre ; pour ceux qui se trouvaient en surplus on paya des amendes. Quant aux meurtriers incendiaires, ils durent payer triple composition pour Nial et double pour Bergthora sa femme ; on stipula double amende pour Grim et pour Helge, fils de Nial, et simple amende pour chacune des autres victimes de l'incendie. Flose fut condamné au petit exil, pour trois ans, mais ses complices furent proscrits. On demanda à Flose s'il voulait qu'on tînt compte des blessures qu'il avait reçues ; mais il répondit qu'il ne voulait pas recevoir d'argent en échange d'un dommage personnel. Ejolf Bolverksen fut laissé sans compen-

11

sation parce qu'il avait agi avec déloyauté et perfidie. La main dans la main, on sanctionna cet accord ; on fit des présents à celui qui avait été choisi comme le chef ou le président des arbitres ; on échangea enfin des offres d'hospitalité mutuelle, des anneaux d'or, des boucles d'or et des ceintures d'argent.

Comme les sagas, le Grágás nous montre l'usage fréquent des arbitrages, mais il nous les montre adoptés et réglementés par la loi :

« Si des arbitres invoqués à la suite d'une contestation, dit-il, ont promis leur assistance et que, malgré cela, ils ne donnent pas leur décision ou que d'une manière quelconque ils procurent un arrangement incomplet, qu'ils subissent le petit exil. Une fois les arbitres arrivés dans le lieu où la conciliation doit se faire, celui qui a demandé leur secours prendra des témoins et dira : Je vous prends comme témoins que je te demande, à toi N. fils de N., de procurer un accord entre nous N. fils de N. et N. fils de N., accord que tu as promis d'effectuer ; je le demande avec la formule légale. — L'arbitre qui refusera de comparaître pour arranger le procès après en avoir accepté la charge, sera passible du petit exil, tout comme s'il avait refusé de procurer cet accord après en avoir été prié légalement. S'il prouve cependant que quelque obstacle insurmontable l'a empêché de venir, son excuse sera admissible. Celui qui n'accepte pas la charge de ménager une telle conciliation n'est pas tenu de rendre aux parties ce service. Si deux ou plusieurs arbitres ne peuvent s'accorder, ils pourront s'adjoindre un arbitre de plus en cas qu'ils aient sous la main quelque personne qui y soit habile ; sinon, ils tireront au sort pour savoir qui décidera dans l'affaire... »

On voit par les citations précédentes que les compositions privées terminaient beaucoup de querelles et que le taux habituel s'en pouvait augmenter selon la gravité des cas. Elles avaient donc un caractère de moralité incontestable, et le bienfait en était réel : elles profitaient aux deux parties ; l'offensé pouvait d'autant mieux exiger un dédommagement de l'offenseur, celui-ci échappant à la gravité de la peine publique, que le gode, en l'absence de tout arrangement particulier, devait requérir contre lui.

Si les tribunaux, en prenant en main la répression, avaient admis le système des compositions par amendes, ç'avait été à des conditions plus dures pour l'offenseur, parcequ'ils avaient voulu qu'à la réparation personnelle s'ajoutât en certaines mesures une peine publique. Bien plus, tenant un grand compte de la constitution de cette société qu'ils représentaient, ils ne considéraient pas seulement l'offenseur et l'offensé comme simples individus, mais comme membres de deux familles qui devaient

intervenir dans le débat ; en conséquence ils infli-
geaient dans les cas graves, outre la proscription
ou l'exil, deux peines pécuniaires. Dans une cause
de meurtre, par exemple, la fortune du coupable
était confisquée, moitié au profit du demandeur,
moitié au profit des indigents du district, et de
plus on imposait ce qu'on appelait l'amende de
famille, payée par la famille du coupable à celle de
l'offensé. M. Finsen dans son savant mémoire sur
La famille selon le Grágás, dit avec raison que
l'amende personnelle était d'un caractère tout
pacifique, tandis que l'amende de famille rappelait
tous les instincts belliqueux de la société islandaise ;
la première pouvait bien passer pour une expiation
volontairement consentie par l'offenseur, ou comme
une juste réparation imposée en vue de la paix au
seul coupable ; mais la seconde, qui pesait sur des
innocents, n'avait évidemment pour but et pour effet
que de répondre et de remédier à l'habituelle
solidarité de la vengeance dont les tribunaux
reconnaissaient ainsi et proclamaient le caractère
légal. La signification de l'amende de famille était si
bien celle-là qu'elle n'était infligée et ne profitait
qu'aux membres de chacune des deux familles en
état de porter les armes ; les femmes et les enfants
en étaient exclus. Le Grágás, qui donne en détail les
règles de cette pénalité, désigne quatre degrés de

parenté de part et d'autre, formant quatre classes
de donnants et de recevants ; et le langage imagé des
Islandais appelle *baugr*, c'est-à-dire anneau, la
somme que paie ou reçoit chacune de ces classes,
dénomination qui s'explique par l'usage ancien de
représenter certaines sommes par des anneaux ou
bracelets de certains poids ou de certaine valeur. La
première classe comprend le père, le fils et le frère,
et l'amende est fixée pour elle à trois marcs, c'est-à-
dire que le père de l'offenseur paie un marc au père
de l'offensé, le fils de l'offenseur un marc au fils de
l'offensé, le frère de l'offenseur un marc au frère de
l'offensé. D'un côté ou de l'autre, les fils ou les
frères, s'il y en a plusieurs, ne comptent cependant
que comme une seule personne et ne payent ou ne
reçoivent qu'un marc ; s'il n'y a pas de père, deux
marcs au lieu d'un, incombent au degré suivant ;
s'il n'y a pas de fils, ils incombent au père, etc.
La seconde classe, pour laquelle l'amende est de
deux marcs et demi ou vingt òre, comprend le
grand-père paternel, le fils du fils, le grand-père
maternel et le fils de la fille ; la troisième dont
le taux est de deux marcs, comprend le frère du
père et le fils du frère, le frère de la mère, et le
fils de la sœur ; la quatrième d'un marc et demi ou
douze òre, comprend les fils des oncles et tantes. Six
autres classes viennent ensuite pour les degrés de

parenté plus éloignés et avec des amendes qui varient d'un marc à un ôre. Par une singularité qu'il faut connaître pour bien comprendre certains récits des sagas, l'amende fixée pour chacune des quatre classes comporte nécessairement une addition, un surplus nommé baugpac, et dont le montant est fixé pour chacune : pour la première 6 ôres et 48 dveiti, petites pièces dont il semble qu'il y avait soixante dans l'ôre ; pour la seconde un demi marc et 32 pveiti, etc. Sans doute il était permis de payer ce surplus en nature ou par un objet équivalent, puisqu'on voit dans la saga de Nial, lorsqu'il s'agit de compenser la mort d'Haus-kuld, Nial lui-même ajouter à la somme d'argent fixée par les arbitres et entièrement complète un manteau de soie ; il est vrai qu'il s'agit ici d'un arbitrage, d'une composition privée, d'une amende personnelle et non pas de famille ; nul doute cependant que nous ne retrouvions là le même détail de mœurs, la même coutume que le Grágás à converti en loi.

Ce mode d'expiation par amendes que la loi avait emprunté aux mœurs, elle en fit tout un système de pénalité, qu'elle sut graduer en graduant les fautes, par un nouveau progrès vers une justice équitable.

Il y avait plusieurs taux d'amende, formant autant de catégories sous lesquelles venaient se ranger les différents crimes ou délits. Toutefois on ne doit pas

s'attendre à rencontrer dans le Grágás et dans les
lois scandinaves en général ces tarifs multipliés à
l'infini, ces comptes-courants d'amendes avec le
rachat facile de chaque faute froidement et précisément coté que nous offrent plusieurs lois germaniques. Loin de là, le code islandais laisse place à
l'appréciation et à la perspicacité du juge, d'une
part en s'abstenant de prévoir tous les résultats pos-
sibles du crime, d'autre part en se préoccupant de
l'intention et du dessein presque autant que du fait
en lui-même.

S'agit-il par exemple de violences contre les personnes, la loi recherchera la manière dont elles se
seront accomplies avec autant de soin qu'elle exa-
minera le dommage réellement causé.

Une observation générale doit être faite avant
d'entrer plus avant dans l'examen de la pénalité
islandaise. C'est la pénalité d'un peuple qui tend à
se gouverner lui-même sans se trop reposer sur l'autorité publique. Celle-ci peut bien intervenir pour
faire exécuter les résolutions prises d'un commun
accord par un certain nombre de personnes choisies
et reconnues ; peut bien servir d'intermédiaire pour
rétablir ou procurer la paix ; mais elle n'a réellement
aucune puissance pour punir. Le père de famille veut
être absolument indépendant, et l'assistance de la
gens lui prête une forte garantie de son droit. Une

guerre privée s'ouvre entre deux *gentes* et il n'y a plus alors pour intervenir qu'une sorte de droit des gens ayant un caractère public grâce à l'assentiment universel, plutôt qu'un droit pénal proprement dit, pesant comme une menace et comme un joug impérieux. La même remarque s'applique à tout le droit primitif des peuples scandinaves.

La loi islandaise ne connaissait pas une grande diversité de peines. Par un heureux contrepoids à la coutume, sous l'empire de laquelle l'homicide était si fréquent, elle n'ordonnait, pas directement la mort, et ne connaissait pas les supplices. Si l'on trouve quelques cas de torture dans les sagas, c'est contre des Finnois, réputés magiciens et maudits, ou contre des esclaves, et c'est de plus une innovation dûe probablement à l'invasion de la procédure étrangère après la conversion au christianisme. Le Grágás offre un exemple, un seul, de la question, qu'on appliquait à la femme qui, devenue mère, refusait de faire connaître la paternité ; encore le texte du Grágás dit-il en cette unique circonstance qu'on devra user de modération.

La loi ne connaissait pas même l'emprisonnement, l'idée d'accepter une contrainte légale enchainant la liberté des mouvements et des membres même eût été trop contraire à l'instinct d'indépendance inné chez l'homme du Nord ; il comprenait plus facilement que la proscription ou l'exil vînt, au risque de la vie, restreindre en effet sa liberté ou même que dans certains cas, comme nous le verrons plus tard, la condition d'homme libre fût entièrement perdue pour lui. Ne dit-on pas qu'aujourd'hui encore l'Anglais aime mieux être frappé qu'emprisonné ?

La peine la plus extrême était la proscription qui, si elle n'entrainait pas la mort, chassait pour vingt ans au moins le condamné loin du pays. Ensuite venait le simple exil, qui éloignait le coupable de son district pour trois années, la confiscation et l'amende restaient donc les peines ordinaires. La proscription pouvait entraîner la mort, mais l'Etat ne se chargeait point de l'exécution de la peine. Lorsque la proscription est officiellement déclarée au Thing par le président du tribunal, il faut que le condamné se sauve au plus vite, car, au moment où la séance est levée et où la foule des assistants a le droit de reprendre ses armes, il est permis à chacun de le poursuivre et de le tuer. Suivant la tradition, Flosi n'a échappé aux ennemis qui allaient s'emparer de lui qu'en franchissant, par un bond prodigieux, la redoutable crevasse béante entre la montagne de la loi et la plaine de Thingvalla où se trouvaient ses amis, pour l'entourer et protéger sa fuite. [1] — Si le condamné était un chef, ou appartenait

1. Voir p. 56.

11.

à une famille puissante, s'il pouvait gagner la côte, trouver un navire, s'embarquer, de nouvelles aventures commençaient pour lui. Sinon, il n'avait d'autre refuge que le maquis et le désert, toujours voisin en Islande des lieux habités, et d'où la faim et le désespoir le feront de temps en temps sortir pour demander au brigandage le misérable soutien de sa vie et de celle quelquefois de toute une famille qui l'a rejoint secrètement dans sa fuite. Le condamné, *friedlas*, est désormais hors la paix, hors la loi, il est appelé dans toutes les anciennes loi du Nord *le loup* ou la *tête de loup* ; il est au milieu des hommes comme la bête dangereuse qu'il faut détruire, nul ne doit lui fournir d'aliment, ni d'abri, ni moyen de transport, sa femme même n'a le droit de le recevoir chez elle que la première nuit qui suit sa condamnation. Bien plus, la loi récompense celui qui tue le proscrit. Il arriva même que les proscrits étant devenus très nombreux et causant un danger public une loi les arma les uns contre les autres : le proscrit qui en tuait de sa main trois autres obtenait sa grâce [1]. Tout Islandais pouvait faire rentrer dans la paix publique un condamné au profit duquel il tuait

1. Il est rapporté dans un supplément du Landnama-Bok que cette loi, sur laquelle le Grágás contient des prescriptions détaillées, fut faite sur la proposition de Eylulf Valgerdarson, lorsque, dans un hiver sévère au delà de la mesure ordinaire, une quantité d'hommes s'étaient cachés dans les bois et les

un autre proscrit. Cependant vinrent successivement d'autres lois plus humaines et plus intelligentes qui, d'accord avec les mœurs, favorisèrent bien plutôt le départ du proscrit. A cette nouvelle période se rapportent les dispositions du Grágás destinées à assurer la sécurité du condamné se rendant à la côte pour s'embarquer (*Grágás*, chap. 109, 110, 111 du Vigslodi). Et en effet, à voir les consfications entières ou partielles et les exils de courte ou de longue durée appliqués sans cesse pour toutes les fautes et à chaque ligne du code, on est bien forcé de chercher une explication de cette uniformité, et l'on arrive nécessairement à cette conclusion que les excursions maritimes et le métier de viking offraient aux condamnés une carrière suffisante pour occuper utilement leur activité durant l'exil en comblant, et au-delà, les vides causés dans leur fortune.

Nous avons vu que le sentiment de l'honneur dominait dans les lois pénales islandaises ; une preuve singulière en est l'application du Nid ou loi d'infamie. C'était le châtiment que l'opinion, invoquée par l'offensé, infligeait à défaut de la loi impuissante. L'usage doit en être reporté à une époque qui pré-

déserts pour voler et ainsi étaient devenus proscrits *fredlas* (hors la paix, hors la loi *outlaw*). Cette loi eut pour résultat qu'ils se détruisirent les uns les autres. Mais il semble que le cas fut exceptionnel.

cède la rédaction du Grágás, car c'est dans les plus
anciennes sagas que nous le trouvons d'abord men-
tionné et décrit ainsi qu'il suit : le sacrifice d'un cheval ou d'une cavale était suivi de la formule d'imprécation attestant les dieux, puis la tête de cheval
coupée était dressée, la mâchoire ouverte, vers la
demeure de l'ennemi. Sur une branche de coudrier on
gravait en runes l'imprécation avec le nom de celui
qu'on vouait à l'infamie ; c'est le *Nidstrang* le bâton
d'infâmie qu'on fiche en terre ou dans une fente de
rocher ou dans la mâchoire même de la tête de cheval; de manière que tout passant le voit. — Cette pu-
nition suprême est réservée à celui qui viole une paix
ou une trève sainte, une amitié jurée, qui attaque celui qui est désarmé, sans défense ; qui trahit les siens,
qui, appelé en combat singulier, refuse de s'y rendre, qui viole les règles du duel, etc. Celui qui est déclaré *niding*, infâme, est rejeté des réunions publiques, même de celles de la famille ; son témoignage
n'est plus recevable en justice. Ce châtiment moral du
nidstrang était souvent en relation avec le duel judiciaire, mais il persista après l'abolition de celui-ci en
1011 [1]. — D'autre part et pour prévenir un facile abus
il y a des peines qui vont jusqu'à l'exil pour punir
l'injure publique en signes ou en paroles, ou l'érection
sans juste cause du nidstrang, le bâton d'infamie.

1. Voir page 148.

II

Des formules dans le droit islandais.

On sait l'importance des formules dans la constitution du droit primitif, quand la parole doit jouer le rôle de l'écriture. Par une sorte de superstition ou de convention facilement d'accord avec l'humeur processive et l'esprit d'éristique, que nous avons déjà reconnus dans la race islandaise, ces formules doivent être répétées suivant les circonstances, sans que la mémoire en défaut y modifie un seul terme. La formule exactement et à propos introduite par-devant témoins porte sur-le-champ son effet légal, tandis que le moindre manquement devient un motif de nullité. C'est encore dans un épisode de la saga de Nial que nous trouverons à ce sujet un exemple caractéristique.

Gunnar avait une parente, Unna, fille de Mœrd, qui avait épousé Hrut ; mais Hrut, pendant ses voyages, avait aimé une femme étrangère qui lui avait jeté un charme. Unna, délaissée, quitta secrètement la maison de son mari et retourna chez son père, par qui elle fit réclamer ses biens. Comme il n'y avait pas eu divorce, Hrut se contenta d'offrir le duel, que le vieux père ne put accepter. Unna vint donc prier son

parent Gunnar de se charger de cette poursuite
mais il fallait que la formule de citation fut prononcé
dans toute son intégrité et de son propre aveu en pré
sence de la partie adverse, et qu'il fut constaté pa
témoins qu'elle l'avait entendue. Gunnar alla consu
ter son ami Nial.

« L'entreprise est difficile, dit ce dernier ; je vai
t'indiquer cependant la voie que je crois la meilleure
tu peux réussir, mais à la condition d'observer pond
tuellement mes avis. Si tu négliges un seul point, t
vie même est en danger. Tu prendras deu:
compagnons. Par-dessus tes vêtements tu mettra
un surtout brun d'étoffe commune, sur lequel t
jetteras un manteau de voyage. Porte à la main un
petite hache. Chacun de vous trois aura deu
chevaux, l'un gras et l'autre maigre ; munis-toi e
particulier d'un attirail de forgeron. Vous partire
demain matin de bonne heure. Quand vous arrivere
à la Rivière-Blanche, souviens-toi d'enfoncer to
chapeau sur tes yeux. Les gens se demanderont qu
est cet homme à la haute taille ; tes compagnon
répondront que c'est le marchand de ferraille Hedir
du canton d'OEfiord, qui fait sa tournée. Sa réput:
tion est faite au loin ; c'est un vaniteux qui croit se
tout savoir ; pour des riens il rompt ses marchés (
querelle les gens. Tu iras jusqu'au Borgefiord e
offrant partout ta marchandise et en te montra1

querelleur, afin que le bruit se répande dans la contrée que ce Hedin est bien le pire des hommes en affaires, et que sa réputation ne ment pas. Tu te dirigeras par le Nordaadal vers le Hrutafiord, et tu arriveras chez Hrut. Là offre de nouveau tes marchandises, présentant comme le meilleur ce que tu as de pire. Le fermier d'abord voudra voir les objets ; il y trouvera cent défauts : arrache-les lui des mains, fais tapage, et parle grossièrement. Il ne s'étonnera pas disant qu'Hedin agit de la sorte avec tout le monde. Cependant Hrut viendra, attiré par le vacarme ; il te dira de le suivre chez lui ; accepte, salue honnêtement, il te répondra de même et te fera asseoir sur le banc inférieur en face de son haut siège. « Viens-tu du nord ? demandera-t-il. Réponds que tu es d'Œfiord. — Y a-t-il dans ce canton beaucoup d'hommes renommés ? Réponds que ce sont pour la plupart de pauvres diables. — Connais-tu le Reikedal ? dira-t-il encore. Réponds que tu connais toute l'Islande. — Y a-t-il beaucoup de braves gens dans le Reikedal ? Réponds : rien que des voleurs et des vauriens. » Cela le fera rire, et il prendra plaisir à t'écouter. Vous en arriverez à parler du Rangaavold, où habitait le père d'Unna. « Depuis la mort de celui-là, diras-tu, ce n'est pas dans ce canton qu'il faut chercher les hommes de quelque valeur. » En

même temps chante-lui quelques strophes pour
l'amuser, car je sais que tu es scalde. Il te
demandera pourquoi tu es d'avis qu'après la mort
de celui-là on ne saurait trouver son pareil. Réponds :
« Parce que c'était un homme si avisé qu'il ne s'est
jamais trompé dans la poursuite d'un procès. —
Sais-tu cependant, dira-t-il, ce qui s'est passé entre
lui et moi ? — Oui, il t'a repris ta femme, et tu n'as
eu rien à dire. — Mais il a été battu ! répliquera
Hrut, il a fait procès, et je n'ai pas rendu la dot. »
Réponds : « Tu as offert le duel, et comme il était
vieux, ses amis lui ont conseillé d'abandonner la
cause. — C'est cela, dira-t-il ; les ignorants ont cru
que telle était la loi ; mais il aurait pu reprendre
l'affaire à un autre thing, s'il en avait eu le courage.
— Je le sais bien, répondras-tu. » En t'entendant
parler de la sorte, il te demandera si tu as donc
quelque connaissance de la loi. Tu lui diras : « Là
bas, dans ce canton du nord, je passe pour en savoir
quelque chose. Cependant j'entendrais volontiers de
toi comment on pourrait reprendre le procès.— Quel
procès ? — Un procès comme par exemple celui-ci,
qui du reste ne m'intéresse guère : comment devrait
s'y prendre celui qui je suppose, réclamerait la dot
de ta femme ? — Il faudrait que la formule de
citation fut prononcée en ma présence, de telle sorte
que je l'entendisse, et dans mon domicile légal. —

Récite-la un peu, diras-tu, je la redirai après toi. »
Il ne manquera pas de la réciter ; toi fais bien
attention à chacun des termes. Il te dira de la
répéter ; répète-la mais tout de travers, sur
deux mots un seul de bon. Il se mettra à rire,
sans nul soupçon contre toi, et il te montrera
qu'il y avait seulement tels et tels mots justes.
Rejette la faute sur tes compagnons, dont la
présence te trouble ; prie-le de reprendre chaque
mot en te laissant le reprendre après lui. Ainsi fera-
t-il ; cette fois tu répéteras exactement ; tu lui
demanderas si c'est bien ; il ne pourra que répondre
qu'une telle citation serait parfaitement valable.
Alors tu diras à haute voix, comme en te jouant, de
manière que tes compagnons t'entendent : « Ainsi
je dénonce contre toi Hrut le procès que Unna m'a
confié. » Et puis dès le soir venu, quand tout le
monde sera endormi, vous sellerez, au lieu des chevaux maigres, les bons chevaux que vous aurez laissés
au pâturage, et vous regagnerez la montagne, où
vous resterez trois jours. Moi cependant je me ren-
drai au thing, et je t'y assisterai pour ce qui reste à
faire. »

Gunnar remercia Nial et s'en retourna chez lui.
Deux jours après, il fit ponctuellement ce que Nial
lui avait conseillé. Tout réussit de point en point (la
saga nous le redit en détail dans une seconde narra-

tion) comme il avait été prévu : le faux Hedin provo-
qua, entendit, répéta d'abord tout de travers, puis fort
exactement et par devant ses deux témoins, la formule de citation. Hrut s'aperçut trop tard qu'une
ruse, où il reconnut l'habileté de Nial, l'avait abusé.

Il n'est pas difficile, ce semble, d'imaginer comment cette singulière page a pu être écrite. L'auteur
de la saga, qui vivait beaucoup d'années après le
temps qu'il expose, a recueilli la tradition du
subterfuge, resté célèbre, par où l'habile Nial,
comptant sur la vanité de Hrut grossièrement
flattée, avait obtenu l'un de ses triomphes. En
racontant à son tour cet exploit légendaire de son
héros, il a selon la coutume des chroniqueurs,
étendu par un commentaire son propre récit ; il
a sans doute inventé du moins quant au détail, la
première des deux scènes, c'est-à-dire les conseils
donnés par Nial à Gunnar. Il y a d'autant moins
lieu de s'étonner des exactes prédictions de Nial et
de la docilité de Hrut, suivant la saga islandaise, à
lui donner raison, que Nial passait aux yeux de
ses contemporains et à plus forte raison aux yeux de
leur postérité, pour avoir été un de ses hommes ex-
traordinaires, à l'esprit perçant et subtil, qu'on
croyait, peu s'en faut, doués de seconde vue ; il n'y
avait nul effort, pour ses imaginations scandinaves
du xe et du xie siècle, à se représenter un tel homme,

maître dans la science du droit et de la procédure, comme une sorte de devin dont les paroles avaient une puissance presque magique.

On reconnaît de plus dans les récits qu'on vient de lire le formalisme habituel à ses peuples. Ce même trait se rencontre à l'origine de presque toutes les civilisations, par exemple aux premiers siècles de la Grèce et de Rome. Là aussi on emploie des formules légales, auxquelles il semble que le droit primitif suppose une sorte d'autorité surnaturelle. Le droit primitif a partout besoin de ce secours extraordinaire ; partout il fait appel en même temps à la raison et à la poésie. Les sociétés du nord paraissent avoir conçu de ces conditions une idée particulière, qui s'est perpétuée dans le droit du moyen âge et qu'il est intéressant d'étudier à sa source dans les monuments scandinaves.

FIN DE L'APPENDICE

TABLE DES MATIÈRES

APPENDICE

Baugé (Maine-et-Loire). — Imprimerie Daloux.

PUBLICATIONS

DU

Musée Guimet

PARIS

ERNEST LEROUX, ÉDITEUR

28, RUE BONAPARTE, 28

—

1890

ANNALES
DU MUSÉE GUIMET

VOLUMES PARUS

TOME I

TOME II

TOME III

glais par **L. de Milloué**. Un volume in-4, avec 40 planches hors
texte. . . . . 15 fr.

TOME IV

MÉLANGES. — Un volume in-4, avec 11 planches
hors texte. 15 fr.

E. Lefébure. Le Puits de Deïr-el-Bahari, notice sur les dernières
découvertes faites en Égypte. — **F. Chabas**. Tables à libations du
Musée Guimet. — **D^r Al. Colson**. Notice sur un Hercule Phallo-
phore, dieu de la génération. — **P. Regnaud**. Le Pancha-Tantra,
ou le grand recueil des fables de l'Inde ancienne, considéré au
point de vue de son origine, de sa rédaction, de son expansion
et de la littérature à laquelle il a donné naissance. — **Rev.
J. Edkins**. La Religion en Chine. Exposé des trois religions des
Chinois, suivi d'observations sur l'état actuel et l'avenir de la
propagande chrétienne parmi ce peuple, traduit de l'anglais par
L. de Milloué.

TOME V

Léon Feer. Fragments extraits du Kandjour, traduits du tibétain.
Un volume in-4 . . . . 20 fr.

TOME VI

Ph.-Ed. Foucaux. Le Lalita Vistara, ou développement des jeux,
contenant l'histoire du Bouddha Çakya-Mouni depuis sa naissance jusqu'à sa prédication, traduit du sanscrit en français.
Première partie. Traduction française. Un volume in-4, avec
4 planches hors texte. . . . . 15 fr.

TOME VII

MÉLANGES. — Un volume in-4 avec 2 planches
hors texte. 20 fr.

A. Bourquin. Brahmakarma, ou Rites sacrés des Brahmanes, traduit
pour la première fois du sanscrit en français. — Dharmasindhu,
ou, Océan des rites religieux, par le prêtre Kàshinàtha, première
partie, traduit du sanscrit et commenté. Version française par
L. de Milloué. — **E.-S.-W. Sénathi-Râja**. Quelques remarques
sur la secte Çivaïte chez les Indous de l'Inde méridionale. —
Arnould Locard. Les Coquilles sacrées dans les régions indoues.
— **Sir Mutu Coomara-Swamy**. Dâthàvança, ou histoire de la
Dent-Relique du Buddha Gautama, poème épique de Dhamma-
Kitti, traduit en français d'après la version anglaise, par
L. de Milloué. — **J. Gerson da Cunha**. Mémoire sur l'histoire de
la Dent-Relique de Ceylan, précédé d'un essai sur la vie et la
religion de Gautama Buddha, traduit de l'anglais et annoté par
L. de Milloué. — **P. Regnaud**. Etudes phonétiques et morpho-
logiques dans le domaine des langues indo-européennes et
particulièrement en ce qui regarde le sanscrit.

TOME VIII

P.-L.-F. Philastre. Le Yi-King ou livre des changements de la dynastie des Tscheou, traduit pour la première fois du chinois en français, avec les commentaires traditionnels complets de T'shěng-Tsé et Tshou-hi et des extraits des principaux commentateurs. Un volume in-4. . . . . 15 fr.

TOME IX

Les Hypogées royaux de Thèbes, par M. E. Lefébure. — Première division : Le Tombeau de Séti Ier, publié in-extenso avec la collaboration de MM. U. Bouriant et V. Loret, anciens membres de la Mission archéologique du Caire, et avec le concours de M. Ed. Naville. Un volume in-4, avec 130 planches hors texte.
75 fr.

TOME X

MÉLANGES. — Un volume in-4, illustré de dessins et de 24 planches hors texte. 30 fr.

MÉMOIRES RELATIFS AUX RELIGIONS ET AUX MONUMENTS ANCIENS DE L'AMÉRIQUE. La Stèle de Palenqué, par Ch. Rau. — Idoles de l'Amazone, par J. Verissimo. — Sculpture de Santa-Lucia Cosumalwhuapa (Guatémala), par S. Habel, traduit de l'anglais par J. Pointet. — Notice sur les pierres sculptées du Guatémala, acquises par le Musée de Berlin, par A. Bastian, traduit de l'allemand par J. Pointet.

MÉMOIRES DIVERS. — Le Shintoïsme, sa mythologie, sa morale, par M. A Tomii. — Les Idées philosophiques et religieuses des Jaïnas, par S.-J. Warren, traduit du hollandais par J. Pointet. — Etudes sur le mythe de Vriṣabha, par L. de Milloué. — Le Dialogue de Çuka et de Rhamba, par J. Grandjean. — La Question des aspirées en sanscrit et en grec, par P. Regnaud. — Deux inscriptions phéniciennes inédites, par C. Clermont-Ganneau. — Le Galet d'Antibes, offrande phallique à Aphrodite, par H. Bazin.

MÉMOIRES D'ÉGYPTOLOGIE. La Tombe d'un ancien Égyptien, par V. Loret. — Les Quatre races dans le ciel inférieur des Égyptiens, par J. Lieblein. — Un des procédés du démiurge égyptien, par E. Lefébure. — Maa, déesse de la vérité, et son rôle dans le Panthéon égyptien, par A. Wiedemann.

TOMES XI ET XII

La Religion populaire des Chinois, par J.-J.-M. de Groot. — Les Fêtes annuellement célébrées à Emoui (Amoy), mémoire traduit du hollandais, avec le concours de l'auteur, par C.-G. Chavannes. Illustrations par Félix Régamey et héliogravures. 2 volumes in-4, avec 38 planches hors texte. . . . . 40 fr.

TOME XIII

Le Ramayana, au point de vue religieux, philosophique et moral, par **Ch. Schoebel**. Un volume in-4, ouvrage couronné par l'Académie des Inscriptions et Belles-Lettres . . . . . . 12 fr.

TOME XIV

Essai sur le Gnosticisme égyptien, ses développements et son origine égyptienne, par **E. Amélineau**. Un volume in-4, avec une planche. . . . . 15 fr.

TOME XV

Siaô-Hiô. La Petite Étude ou Morale de la jeunesse, avec le commentaire de Tche-Siuen, traduit pour la première fois du chinois en français par **G. de Harlez**. Un volume in-4, avec carte. 15 fr.

TOME XVI

Les Hypogées rôyaux de Thèbes, par M. **E. Lefébure**. In-4 en 2 fascicules avec planches . . . . 60 fr.
Fascicule I. — Seconde division des Hypogées. Notices des Hypogées, publiées avec le concours de MM. **Ed. Naville** et **Ern. Schiaparelli**. — Fascicule II. — Troisième division. Tombeau de Ramsès IV.

TOME XVII

Monuments pour servir à l'histoire de l'Égypte chrétienne au IVe siècle. Histoire de saint Pakhôme et de ses communautés. Documents coptes et arabe inédits, publiés et traduits par **E. Amélineau**. Un fort volume in-4. . . . . 60 fr.

TOME XVIII

Les Livres sacrés des Jaïnas, par **A Weber**, Traduit de l'allemand, avec l'autorisation de l'auteur, par **J. Pointet**. In-4. (Sous presse).
15 fr.

TOME XIX

Mélanges d'archéologie et d'ethnographie orientales, par le **Dr Terrien de Lacouperie**. In-4, avec 10 planches et une carte. (Sous presse). . . . . 20 fr.
Les Pygmées de la Chine ; — Formose ; — Les Djurt'chin ; — Les Mossos ; — Les Lolos ; — Les Titres Tartares. *Khan, Khakhan,* etc. ; — Le Tibet ; — Les Sinims de la Bible sont-ils des Chinois ?

BIBLIOTHÈQUE

DE VULGARISATION

COLLECTION DE VOLUMES IN-18 JÉSUS A 3 FR. 50

I

Les Moines égyptiens. I. Histoire de Schnoudi, par **E. Amélineau.** In-18, avec un portrait. . . . . 3 fr. 50

II

Précis de l'Histoire des Religions de l'Inde. Par **L. de Milloué.** Illustré de 20 dessins hors texte, in-18 . . . . . . 3 fr. 50

III

Les Hittites. Histoire d'un empire oublié, par **A. H. Sayce,** publié en français par M. **J. Menant,** membre de l'Institut. In-18, illustré . . . . 3 fr. 50

(Plusieurs volumes en préparation.)

REVUE

DE

L'HISTOIRE DES RELIGIONS

PUBLIÉE SOUS LA DIRECTION DE M. JEAN RÉVILLE

Deux volumes par an, paraissant par livraison tous les deux mois.

PRIX D'ABONNEMENT :

Paris : **25** fr. ; — Départements : **27** fr. **50** ; — Étranger : **30** fr.

Une collection complète : Tomes I à XX. . . **200** fr.

TOME I

religieux du Cambodge. — **V. Duruy.** De la formation d'une religion officielle dans l'Empire romain. — **C. P. Tiele.** Esquisse du développement religieux en Grèce. — **J. Darmesteter.** Le Dieu suprême dans la mythologie indo-européenne. — **A. Barth.** La mythologie aryenne. — **G. Maspero.** La Religion de l'Égypte. **Maurice Vernes.** La religion juive (Judaïsme ancien). — **A. Barth.** Les religions de l'Inde. — **S. Guyard.** Les religions assyro-babyloniennes. — **H. Cordier.** Les religions de la Chine. **J. Vinson.** Documents inédits sur la sorcellerie; — Éléments mythologiques des pastorales basques. — **G. Clermont-Ganneau.** La mythologie iconographique. — **G. d'Eichthal.** Sur le nom et le caractère du dieu d'Israël Jahvéh. — **Van Hamel.** L'enseignement de l'histoire des religions en Hollande. — Corrections proposées au Nouveau Testament. — Le Christianisme jugé par un Japonais. — Notice sur le Musée religieux, fondé à Lyon par M. Émile Guimet. — Comptes rendus. — Dépouillement des périodiques et des travaux des Sociétés savantes. — Chronique. — Bibliographie.

TOME II

Ravaison. Les monuments funéraires des Grecs. — **J. Welhausen.** Les sacrifices et les fêtes chez les Hébreux. — **C. P. Tiele.** Comment distinguer les éléments exotiques de la mythologie grecque. — **J. Welhausen.** Les prêtres et les lévites chez les anciens Hébreux. — **J. Goldziher.** Le culte des saints chez les Musulmans. **P. Decharme.** La mythologie grecque. — **A. Gaidoz.** La mythologie gauloise. — **Maurice Vernes.** La religion chrétienne (Origines). — **H. Oort.** Le Judaïsme post-biblique. — **A. Bouché-Leclercq.** La mythologie latine. — **Léon Feer.** Le bouddhisme extra-indien (Tibet et Indo-Chine). — **Decourdemanche.** Salomon et les oiseaux (légende populaire turque). — Notice sur le Musée religieux, fondé à Lyon par M. Émile Guimet. — **Van Hamel.** Aperçu général des principaux phénomènes religieux. — **J. Hooykaas.** Étude générale des différentes religions. — Comptes rendus. — Dépouillement des périodiques et des travaux des Sociétés savantes. — Chronique. — Bibliographie.

TOME III

Maurice Vernes. Quelques observations sur la place qu'il convient de faire à l'histoire des religions, aux différents degrés de l'enseignement public. — **F. Lenormant.** Les Bétyles. — **Michel Nicolas.** Agobard et l'Église franque au neuvième siècle. — **G. Perrot.** La religion égyptienne dans ses rapports avec l'art de l'Égypte. — **C. P. Tiele.** La religion des Phéniciens d'après les plus récents travaux. — **E. Beauvois.** La magie chez les Finnois. — **F. Lenormant.** Sol Elagabalus. — **A. Bouché-Leclercq.** — La divination chez les Étrusques. — **A. Barth.** Les religions de l'Inde. — **H. Cordier.** Les religions de la Chine (Piété filiale). — **Maurice Vernes.** L'histoire générale des religions. — **H. Oort.** Le rôle de la religion dans la formation des États, à propos de la Cité antique de M. Fustel de Coulanges. — **Decourdemanche.** Fragments de littérature superstitieuse ottomane. — **Paul Pierret.** L'œuvre de Mariette-Bey au point de vue des études d'histoire religieuse. — **J. Vinson.** Éléments mythologiques dans les pastorales basques.

— J. Réville. La date du martyre de saint Polycarpe. — Dépouillement des périodiques et des travaux des Sociétés savantes. — Chronique. — Bibliographie.

TOME IV

Alb. Réville. La nouvelle théorie Évhémériste (Herbert Spencer). — J. Halévy. Esdras et le code sacerdotal. — L. Leger. Esquisse sommaire de la mythologie slave. — H Kern. Histoire du bouddhisme dans l'Inde. — J. Happel. La religion de l'ancien empire chinois étudiée au point de vue de l'histoire comparée des religions. — Gaston Boissier. — Esquisse d'une histoire de la religion romaine. — E. Beauvois. La mythologie scandinave. — H Oort. Le judaïsme post-biblique. — Maurice Vernes. La religion chrétienne (Vie de Jésus). — P. Decharme. La religion grecque. — Maurice Vernes. La religion juive ancienne. — Le Pentateuque de Lyon et les anciennes traductions de la Bible. — Les Catacombes. — La politique religieuse de Constantin. — Les Origines de la société musulmane. — La Question de l'instruction religieuse dans l'enseignement secondaire en Hollande. — La foi en la Rédemption et au Rédempteur dans les principales religions. — Dépouillement des périodiques et des travaux des Sociétés savantes. — Chronique. — Bibliographie.

TOME V

E. Beauvois. La Magie chez les Finnois (suite). — Maurice Vernes. Les plus anciens sanctuaires des Israélites. — H. Kern. Histoire du bouddhisme dans l'Inde (suite). — Léon Feer. De l'histoire et de l'état présent des études zoroastriennes ou mazdéennes, particulièrement en France. — Michel Nicolas. Etudes sur Philon d'Alexandrie. — G. Maspero. Bulletin critique de la religion de l'Egypte ancienne. — A. Barth Bulletin critique des religions de l'Inde. — S. Guyard. Bulletin critique de la religion assyro-babylonienne (Question suméro accadienne). — Maurice Vernes. Bulletin critique de la religion chrétienne (Saint Paul). — La foi en la Rédemption et au Rédempteur dans les principales religions (fin). — Decourdemanche. La légende d'Adam chez les Musulmans. — Dépouillement des périodiques et des travaux des Sociétés savantes. — Chronique. — Bibliographie.

TOME VI

A. Kuenen. L'Islam offre-t-il les caractères de l'universalisme religieux ? — J. A. Hild. La légende d'Enée avant Virgile. — Al. Réville. Considérations générales sur les religions des peuples non civilisés. — W. D. Whitney. Le prétendu hénothéisme du Véda. — Maurice Vernes. Les origines politiques et religieuses de la nation israélite. — E Beauvois. La magie chez les Finnois (fin). — Maurice Vernes. Bulletin critique de la religion juive (Judaïsme ancien). — Decourdemanche. La légende d'Alexandre chez les Musulmans. — L'histoire des religions en Belgique. — Maurice Vernes. M. Paul Bert et l'enseignement de l'histoire des religions. — Alb. Réville. La religion des Esquimaux. — Maurice Vernes.

Encore l'enseignement supérieur de l'histoire des religions. — Dépouillement des périodiques et des travaux des Sociétés savantes. — Chronique. — Bibliographie.

TOME VII

H. Gaidoz. Deux parallèles mythologiques : Rome et le Congo. — H Kern. Histoire du bouddhisme dans l'Inde (suite). — **Maurice Vernes**. Les origines politiques et religieuses de la nation israélite (fin). — **Michel Nicolas**. Études sur Philon d'Alexandrie (suite). — A. Kuenen. Judaïsme et Christianisme. — E. Beauvois. L Élysée transatlantique. — **Maurice Vernes**. Les débuts de la nation juive : Epoque dite des Juges. Débuts de Saül. — **P. E. Foucaux**. Un catéchisme bouddhique en 1881. — **G. de Mortillet**. La religion préhistorique. — Decourdemanche. Les légendes évangéliques chez les Musulmans. — **A. Bouché-Leclercq**. Les oracles sibyllins. — Dépouillement des périodiques et des travaux des Sociétés savantes. — Chronique. — Bibliographie.

TOME VIII

E. Revillout. Les origines du schisme égyptien. Premier récit : Le précurseur et inspirateur Sénuthi le prophète. — **Michel Nicolas**. Études sur Philon d'Alexandrie (suite). — **J. Menant**. Le Panthéon assyrien : Les Beltis. — **Maurice Vernes**. Les débuts de la nation juive: tat social et politique. — **A. Bouché-Leclercq**. Les oracles sibyllins (suite). — Mélanges et documents. — Dépouillement des périodiques et des travaux des Sociétés savantes. — Chronique. — Bibliographie.

TOME IX

Woodville Rockhill. Le traité de l'Émancipation ou Prâtimoksha Sûtra. — **Psichari**. La Ballade de Lénore en Grèce. — **Massebieau**. Des sacrifices ordonnés à Carthage au commencement de la persécution de Décius. — **Alb. Réville**. Etude sur la mythologie grecque, d'après Otfried Müller. — **L. de Rosny**. La grande déesse solaire : Ama-Terasou Oho-Kami et les origines du sintauïsme. — Ed. Montet. Les origines de la croyance à la vie future chez les Juifs. — Lieblein. Le mythe d'Osiris. — **Goblet d'Alviella**. Keshub Chunder Sen. — Carnoy. Les serpents et les dragons dans les croyances et les traditions populaires. — Les Acousmates et les chasses fantastiques. — **Bouché-Leclerc**. Les Oracles sibyllins, livre III (suite et fin). — **Goblet d'Alviella**. Etudes d'histoire religieuse contemporaine. — **Mélanges**. L'œuvre de M. Guimet jugé à l'étranger. — Revue des livres. — Chronique. — Dépouillement des périodiques. — Bibliographie.

TOME X

Beauvois. L'Élysée des Mexicains comparé à celui des Celtes. — **Massebieau**. L'enseignement des Douze Apôtres. — **Goldziher**. Le culte des ancêtres et le culte des morts chez les Arabes. — **Baissac**. Études d'histoire religieuse contemporaine. — La Nouvelle Théosophie. — **Legrand**. Quatre contes grecs recueillis à

Smyrne en 1875. — **De Puymaigre**. La fille aux mains coupées, étude de folk-lore. — **Nicolas**. Les origines de l'Académie protestante de Montauban. — Revue des livres. — Nécrologie (Stanislas Guyard; Richard Lepsius). — Chronique. — Dépouillement des périodiques et des travaux des Sociétés savantes. — Bibliographie.

TOME XI

Gaidoz. Les religions de la Grande-Bretagne. — **Barth**. Bulletin des religions de l'Inde. — **Bonet-Maury**. Akbar, un initiateur de l'étude comparée des religions et un précurseur de la tolérance dans l'Inde. — **Fagnan**. Bulletin de l'Islam. — **Montet**. Les Missions musulmanes au XIVᵉ siècle. — **Regnaud**. Quelques observations sur la méthode en mythologie comparée. — **Ménant**. Le mythe de Dagon. — **Lefébure**. Les fouilles de M. Naville à Pithom. — L'exode. — Le canal de la mer Rouge. — **Leblois**. La dernière publication de M. Duemichen. — **Lefébure**. Le docteur Lepsius au tombeau de Seti Iᵉʳ. — **Lafaye**. L'introduction du culte de Sérapis à Rome. — **Bazin**. Le galet inscrit d'Antibes. — Offrande phallique à Aphrodite. — **Massebieau**. Une nouvelle interprétation de la Didaché par M. Ménégoz. — **Lewis da Sylva Pandit**. Le bonheur de Nirvânà, extrait du Milindapprashvaya ou Miroir des doctrines sacrées. — Revue des Livres. — Chronique. — Dépouillement des périodiques et des travaux des Sociétés savantes. — Bibliographie.

TOME XII

Goblet d'Alviella. Les origines de l'idolâtrie. — **Halévy**. Esdras a-t-il promulgué une loi nouvelle? — **P. Regnaud**. Sur les phases de la religion védique, d'après M. Véron. — **Maspero**. La religion égyptienne d'après les pyramides de la Vᵉ et de la VIᵉ dynastie. — **J. Réville**. Le Mithriacisme au IIIᵉ siècle de l'ère chrétienne. — **P. Regnaud**. La méthode en mythologie comparée; — La Mâyà et le pouvoir créateur des divinités védiques. **Tiele**. Le Mythe de Kronos. — **Sébillot**. Légendes chrétiennes de la Haute-Bretagne. — **'Abd-Allâh ibn 'Abd-Allâh**, le Drogman. Le présent de l'homme lettré pour réfuter les partisans de la Croix. — **Goblet d'Alviella**. M. Maurice Vernes et la méthode comparative dans l'histoire des Religions. — Le Musée Guimet à Paris. — **Foucaux** Un Mémoire espagnol sur le Nirvàna bouddhique. — **Regnaud**. Les Védas et la Paléographie. — Revue des livres. — Chroniques. — Dépouillement des périodiques. — Bibliographie.

TOME XIII

Ch. Ploix. Mythologie et Folklorisme; — Les mythes de Kronos et de Psyché. — **Eug. de Faye**. De l'influence du démon de Socrate sur sa pensée religieuse. — **P. Regnaud**. L'origine du mot Saturnus. — **L. Feer**. De l'importance des actes de la pensée dans le bouddhisme. — **Imbault-Huart**. Kouan-ti, le dieu de la guerre chez les Chinois. — **J. Kovillo** De la complexité des mythes et des légendes, à propos de récentes controverses sur la méthode en mythologie comparée. — **A. Lanoy**. Folklore et

Mythologie. — **A. Réville**. L'empereur Julien (premier article). — **H. Derenbourg**. La science des religions et l'Islamisme. — **L Sich-ler**. La Fille aux bras coupés. — **Carrière** : L'Hexateuque d'après M. Kuenen. — Revue des Livres. — Chronique. — Dépouillement des périodiques. — Bibliographie.

TOME XIV

A. Réville. L'empereur Julien (fin). — **Lefébure**. L'étude de la religion égyptienne. Son état actuel et ses conditions. — **Gold-ziher**. Le sacrifice de la chevelure chez les Arabes. **G. Dottin**. La croyance à l'immortalité de l'âme chez les anciens Irlan-dais. — **P. Regnaud**. Le sens primitif des mots latins « Augur et Genius ». — **De Pressensé**. La religion chaldéo-assyrienne. — **Goblet d'Alviella**. Les institutions ecclésiastiques d'Herbert Spencer et l'évolution du sentiment religieux. — **Hild**. Le pessi-misme moral et religieux chez Homère et Hésiode (premier article). — **Halévy**. Le code sacerdotal pendant l'exil — **M. Souriau** Du merveilleux dans Lucain. — **Ed. Montet**. La religion et le théâtre en Perse. — **L. Feer**. Vritra et Namoutchi dans les Mahabhà-rata. — **Amélineau** Le Christianisme chez les anciens Coptes (premier article). — **J. Réville**. L'Histoire des Religions; sa méthode et son rôle. — **De Milloué**. Le septième Congrès inter-national des Orientalistes. Session de Vienne. — **L. Sichler**. Une dernière version russe de la Fille aux bras coupés. — Revue des Livres. — Chronique. — Dépouillement des périodiques. — Bibliographie.

TOME XV

Sabatier. Une contribution à l'étude du Paulinisme. — De la ques-tion de l'origine du péché, d'après les lettres de l'apôtre Paul. — **Hild**. Le pessimisme moral et religieux chez Homère et Hésiode (2º article). — **P. Regnaud** Une épithète des dieux dans le Rig-Véda. — **Amélineau**. Le christianisme chez les anciens Coptes (2e article). — **J. Ménant**. Les Hétéens. Un nouveau pro-blème de l'histoire d'Orient. — **P. Regnaud**. — Le δαίμων, his-toire d'un mot et d'une idée. — **Maspero**. Le rituel du sacrifice funéraire; — Bulletin critique de la religion égyptienne. — **G. Lafaye**. Les découvertes en Grèce au point de vue de l'histoire des religions. — **Maspero**. Le Livre des Morts. — Bulletin critique de la religion égyptienne. — **Massebieau**. L'Apologétique de Tertullien et l'Octavius de Minucius Félix. — Revue des Livres. — Chronique. — Dépouillement des périodiques. — Bibliographie.

TOME XVI

Decharme. La déesse Basiléia. — **H. Derenbourg**. L'Inscription de Tabnit, père d'Eschmoun'azar. — **Lefébure**. L'œuf dans la reli-gion égyptienne. — **Regnaud**. Le mot védique *rta*. — **Horst**. Étude sur le Deutéronome. — Composition du Deutéronome. — **Lafaye**. Les découvertes en Grèce. Bulletin de 1886 (2e article). — **Mourier**. L'état religieux de la Mingrélie. — **Ed. Sayous**. Le Taurobole. — **Goldziher**. Le monothéisme dans la vie religieuse des Musulmans. — **P. Regnaud**. — Le caractère et l'origine des jeux de mots védiques. — **Massebieau**. Le traité de la vie contemplative de Philon et la question des thérapeutes. — **Bonet-Maury**. La légende d'Abgar et de Thaddée et les missions chrétiennes à Édesse. — **G. Lafaye**. Les découvertes en Italie. Bulletin de 1886. — **Decourdemanche**. La morale religieuse chez les Musulmans. — Correspondance : Lettres de M. Clermont-Ganneau et de M. Carrière. — Revue des Livres. — Chronique. — Dépouillement des périodiques. — Bibliographie.

TOME XVII

Horst. Études sur le Deutéronome (2e article). I. Composition. II. Les sources et la date. — **Monseur**. La légende d'Achille, d'après E.-H. Meyer. — **P. Regnaud**. M. Max Müller et les origines de la mythologie. — **Hild**. Le pessimisme moral et religieux chez Homère et Hésiode. — **J. Halévy**. La religion des anciens Babyloniens et son plus récent historien M. Sayce. — **Maspero**. Les hypogées royaux de Thèbes. — Bulletin critique de la religion égyptienne (1er article). — **J. Loeb**. Les controverses religieuses entre les Chrétiens et les Juifs au moyen âge, en France et en Espagne (1er article). — **Halévy**. Les travaux de M. Jérémias et de M. Haupt sur la religion et la langue des anciens Assyriens. — **Decourdemanche**. La morale religieuse chez les Musulmans. — **G. Lafaye**. Un nouveau dieu syrien à Rome. — **Massebieau**. Encore un mot sur la vie contemplative de Philon. — Correspondance : Lettre de M. Lafaye. — Revue des Livres. — Chronique. — Dépouillement des périodiques. — Bibliographie.

TOME XVIII

Maspero. Les hypogées royaux de Thèbes (2e et dernière partie). — **G. Lafaye**. Bulletin archéologique de la religion romaine. 1887. — **I. Loeb**. Les controverses religieuses entre les Chrétiens et les Juifs au moyen age en France et en Espagne (2e et dernière partie). — **P. Paris**. Les découvertes en Grèce. Bulletin archéologique de la religion grecque, 1887-1888. — **Goldziher**. Influences chrétiennes dans la littérature religieuse de l'Islam. — **Maspero**. La mythologie égyptienne. — Les travaux de MM. Brugsch et Lanzone (1re partie). — **Cl. Huart**. La religion de Bâb. Essai de réforme de l'islamisme en Perse au xixe siècle. — **L. Feer**. Le séjour des morts chez les Indiens et selon les Grecs. — **Horst**. Études sur le Deutéronome (3e article). Les sources et la date du Deutéronome. — **Dumoutier**. Légendes et traditions du Tonkin et de l'Annam. — **Barth**. Abel Bergaigne. — Revue des Livres. — Chronique. — Dépouillement des périodiques. — Bibliographie.

TOME XIX

Maspero. La mythologie égyptienne. Les travaux de MM. Brugsch et Lanzone (2e partie). — **M. Vernes**. Quand la Bible a-t-elle été composée? Y a-t-il, dans l'Ancien Testament, des livres ou des morceaux antérieurs à l'époque du second temple? — **Barth**. Bulletin des religions de l'Inde. — **Piepenbring**. La religion primitive des Hébreux. — Moïse et le Jahvisme. — **Ed. Montet**. De l'origine des Vaudois et de leur littérature. — **P. Regnaud**. Le

Rig-Véda et les origines de la mythologie indo-européenne. — **Cl. Huart.** La procession des flagellants persans à Constantinople. — **P. Regnaud.** Étymologies védiques. — **L. Sichler.** Légendes russes recueillies par Aphanassief. — **Baldensperger.** Les Bibles et les initiateurs religieux de l'humanité de Louis Leblois. — Revue des Livres. — Chronique. — Dépouillement des périodiques. — Bibliographie.

TOME XX

Kuenen. La réforme des Études bibliques, selon M. H. Vernes. — **Lafaye.** Bulletin archéologique de la religion romaine. 1888. — **Snouck Hurgronje.** Contributions récentes à la connaissance de l'Islam. — **J. Réville.** L'histoire des religions à l'Exposition universelle de 1889. — **Goblet d'Alviella.** Des symboles qui ont influencé la représentation figurée des pierres coniques chez les Sémites. — **Koulikovski.** Les trois feux sacrés du Rig-Véda. — **Girard de Rialle.** La population de Madagascar. — **A. Réville.** L'histoire des religions au Congrès des Sciences ethnographiques de Paris. — **Ed. Montet.** Le Congrès des Orientalistes de Stockholm. — **J. Réville.** L'enseignement de l'histoire des religions aux États-Unis et en Europe. — Revue des Livres. — Chronique. — Dépouillement des périodiques. — Bibliographie.

TOMES XXI ET XXII

(En cours de publication.)

CATALOGUE

DU MUSÉE GUIMET

(Lyon, 1883)

PREMIÈRE PARTIE

INDE, CHINE ET JAPON

précédée

D'UN APERÇU SUR LES RELIGIONS DE L'EXTRÊME-ORIENT

et suivie

D'UN INDEX ALPHABÉTIQUE

des noms des Divinités et des principaux termes techniques

Par L. DE MILLOUÉ

Directeur du Musée Guimet

Un volume in-18, illustré . . . . 2 fr. **50**

GUIDE

AU MUSÉE GUIMET

Un volume in-18, illustré. . . . . . **1** fr.

CONGRÈS PROVINCIAL

DES ORIENTALISTES

COMPTE RENDU DE LA TROISIÈME SESSION

LYON, 1878

Deux volumes in-4°. . . . . **17** fr.

SOMMAIRE DU TOME Ier

Commerce et Industrie. — **Is. Hedde.** Ephémérides comparées de l'industrie sérigène, tant de la Chine et du Japon que des autres pays sérigènes. — **E. Piquet.** Mémoire sur l'Oudji. — **S. E. le Ministre de Chine.** Chemin de fer de Wou-Soung. — Traité sur la soie. — Système monétaire. — **Louis Desgrand.** De quelques réformes nécessaires au développement de notre commerce en Orient. = **Ardouin du Mazet.** Le chemin de fer de Shanghaï et la question des coolies. — **Milsom.** Les maladies des vers à soie. — **E. Piquet.** Les soies sauvages exotiques. — **M.-A. Tomi-i.** Les produits de l'île d'Yézo et de leur exportation. — **E. Piquet.** Le commerce et l'industrie au Japon. — **E. Piquet, Milsom, Cordier.** Les tarifs douaniers en Chine et au Japon.

Science, Philologie, Histoire et Beaux-Arts. — **Comte de Castillon.** Les Kakis. — **Wiénukoff.** Carte ethnographique. — **Reboux.** L'ambre préhistorique. — **Baron Guerrier de Dumast.** Fleurs de l'Inde, poésies hindoues. — **Baron Textor de Ravisi.** La langue tamoule. — **Gaspard Belin.** L'antiquité de la langue sanscrite. — **Ernest Chantre.** De l'origine orientale de la métallurgie. — **Brossard.** Etude archéologique sur la nature et l'emploi des fils d'or dans les soieries du moyen âge. — **Guinand** (l'abbé). De l'assimilation de la véritable langue sémitique avec la langue accadienne. — **S. E. le Ministre de Chine.** Auteurs du traité sur la soie. — Relations anciennes entre la Chine et les autres pays de l'Asie. — Lettre de change en Chine. — Doctrine de Confucius. — **Baron Textor de Ravisi.** Relations entre l'Inde et Venise. — Origine du Zend-Avesta. — **Caillemer.** Date des lois de Manou. — **Coignet, Guimet, L. Metchnikoff.** Les Aïnos. — **Fabre** (l'abbé). Notice sur un curieux manuscrit rapporté de l'Inde.

Religions anciennes de l'Égypte. — **G. Maspero.** Stèles funéraires.
— L'ombre chez les Égyptiens. — **Félix Robiou.** Mémoire sur
l'économie politique, l'administration et la législation de l'Egypte
sous les Lagides. — L'immortalité de l'âme chez les Egyptiens.
— **E. Lefébure.** Le Livre des Morts, Papyrus de Soutimès. —
Le Lotus chez les Egyptiens. — **J. Leiblein.** Etude sur le nom et
le culte primitif du Dieu hébreu Jahvéh. — **E. Naville.** Les quatre
stèles orientées du Musée de Marseille.

Religions anciennes de la Perse et de l'Assyrie. — **Ardouin du Mazet.**
Les dangers du prosélytisme musulman dans l'Afrique centrale.
— **H. Cordier.** L'Islamisme en Chine. — Caravanes et pélerinages
de la Mecque au point de vue commercial. — Le Babisme. —
J. Darmesteter. Ormuzd et Arhiman. — **E. Cartailhac.** L'âge
de la pierre en Asie.

SOMMAIRE DU TOME II

Religions anciennes de l'Inde. — **Sir Coomara-Swamy.** Extraits du
Dathavança. — **Gerson da Cunha.** Introduction à l'histoire de la
Dent Relique du Bouddha. — Littérature des religions des peu-
ples de l'archipel des Indes Orientales Néerlandaises. — **Pandi-
tiléké.** — Catalogue des Bouddhas qui ont précédé Çàkya-Mouni.
— **Alwys.** Visites des Bouddhas à Ceylan. — **Dr Cust.** Les langues
modernes de l'Inde. — **Da Sylva.** Du Nirvàna. — **De Charencey.**
Le mythe de Votan.

Religions de la Chine. — **H. Cordier.** Aperçu sur les religions de la
Chine. — **E. Eitel.** Le Feng-shui. — **Y. Ymaizoumi.** Etude critique sur Laô-tseu. — **P. Perny.** Proverbes chinois. — **P. Laf-
fite.** Considérations générales sur l'ensemble de la civilisation
chinoise. — **Y. Ymaizoumi.** Des croyances et des superstitions
des Chinois avant Confucius. — **J. Dupuis.** Expédition au Tonkin.
— **E. Aymonier.** Textes khmers. — **Y. Ymaizoumi.** Du culte des
Ancêtres en Chine sous la dynastie de Tchéou. — Etude sur le
livre de la *Vertu et de la Voie.*

Religions du Japon. — **L. Metchnikoff** Etude sur la religion natio-
nale des Japonais, le culte des Kamis ou Shintôisme. — **Harada.**
— Historique des différents caractères d'écriture employés au
Japon. — **Sémitani.** Le mont Shumi. — Explication du mot *Riô-
Bou.* — Prière à Amida Bouddha. — **Y. Ymaizoumi.** De la re igion
Shintôiste. — **Ernest Chantre.** Relations entre les sistres
bouddhiques et certains objets de l'âge de bronze européen. —
De l'usage des sistres. — **Sémitani.** Notice sur la déesse Bén-
Zaï-tén. — **L. Metchnikoff** Des caractères anciens au Japon. —
Ecriture *Hifoumi* ou du Livre du Soleil ; écriture *Ana-Itsi* ; écri-
ture *Hotsma.*

Clôture du Congrès. — Vœux émis par le Congrès. — Résumé des
Travaux du Congrès. — Inauguration du Musée Oriental de M.
Guimet.

ERNEST LEROUX, ÉDITEUR

28, RUE BONAPARTE, 28

R. DARESTE, Membre de l'Institut

LA SAGA DE NIAL, traduite en français pour la première fois. In-18.. 3 fr. 50

R.-B. ANDERSON

MYTHOLOGIE SCANDINAVE. Légendes des Eddas. Traduction de M. J. LECLERCQ. In-18......................... 3 fr. 50

E. BEAUVOIS

LA MAGIE CHEZ LES FINNOIS. 2 broch. in-8........ 2 fr. 50

L. KNAPPERT

LA VIE DE SAINT-GALL et le Paganisme germanique. In-8.. 2 fr. »»

A. BERTRAND, Membre de l'Institut

LA GAULE AVANT LES GAULOIS, d'après les monuments et les les textes. Nouvelle édition. In-8, nombreuses illustrations.. 10 fr. »»

C.-E. DE UJFALVY

LE KALEVALA, épopée finnoise. Traduite sur l'original. Livraison I. In-8.................................... 2 fr. 50

J. LOTH

ESSAI SUR LE VERBE NÉO-CELTIQUE en irlandais ancien et dans les dialectes modernes. In-8.................... 5 fr. »»

O. MONTELIUS

LES TEMPS PRÉHISTORIQUES en Suède et dans les autres pays scandinaves. Traduit par SALOMON REINACH. In-8, illustré de 20 planches, 427 figures et une carte............ 10 fr. »»

Baugé (Maine-et-Loire). — Imprimerie Daloux.

www.ingramcontent.com/pod-product-compliance
Lightning Source LLC
Chambersburg PA
CBHW071838020726
47502CB00004B/1425